豆田麦 Ill. 花染なぎさ
愛さないといわれましても③
元魔王の伯爵令嬢は生真面目軍人に餌付けをされて幸せになる

ジェラルド
侯爵家の次男だが
軍の功績で子爵位を賜った
周囲が驚くほど
アビゲイルを
溺愛している

アビゲイル
前世魔王の伯爵令嬢
憧れの人間に転生して
毎日おいしいごはんを
お腹いっぱい
食べている

「だんなさま！！
あれは！あれは！」

愛さないといわれましても

元魔王の伯爵令嬢は生真面目軍人に
餌付けをされて幸せになる

3

Aisanai to iwaremashitemo

豆田麦 Ill. 花染なぎさ

Contents

1 こんごうちょうのぬいぐるみは いまでもいつもまくらもとにあります

旦那様と結婚をして初めての冬のことでした。まだ結婚式をする前のこと。

王都でもロングハーストと同じように雪が降ります。でもちょっとロングハーストより積もる雪は少ないかもしれないし、寒くないかもしれません。

「せいやさい、ですか」

お昼寝から目を覚ますと、お仕事に行っていたはずの旦那様がもうお帰りになっていました。お帰りなさいができなかった。

旦那様は暖炉の中で燃えている薪を火かき棒でつついた後、ベッドの端に腰かけてショールで私をぐるっと巻きます。

「そう。だから今日は昼で仕事は終わりだ。ただいま」

額に口づけを落として、旦那様はにっこりしてくださいました。

「お帰りなさいませ旦那様！　お散歩しますか！」

「残念。外は大雪だ」

私が寝ている間に、窓の外が真っ白になっていました。道理でちょっと暗かった！　お昼寝しすぎたかと思ったくらいです。

「せいやさいってなんですか」

「――っ、あー、そうだな。お祭り、かな」

「おまつり⁉　焚火ですか！」

　ベッドから飛び出そうとしたら、旦那様に受け止められてしまいました。

「そういうお祭りじゃなくてだな、んー、精霊が生まれる夜だから、外には出ないで家族と家の中でゆっくり過ごす日、かな」

「精霊、本で読みました！　森にはいませんでしたけど、旦那様会ったことありますか」

　ノエル家では図書室の本はいつでも自由に読んでいいと言われましたので、私もいっぱい読んだのです。タバサに読んでもらったりもしましたし。ロングハーストでは領地経営の資料とか教本ばかりでしたけれど、ここにはたくさんの本がありました。

　旦那様は私をお膝に乗せ、後ろ髪を撫でて整えてくださいます。

「俺もないなぁ。ああ、そうだ。いい子にしてると妖精《ノーム》が枕元にプレゼントを置いてくれる日でもある」

「小鬼《ノーム》⁉　あいついじわるですよ⁉　いっつも魔王の後ろの方にある足とかちょっと齧っていくんです！」

「あー、森にいたかーそっかー。でも多分そのノームじゃない気がするな」

「のーむちがい」

「くっ……お、おそらく。まあ、そういう、うーん、おとぎ話かな。図書室にもいろいろあっただろう？」

「なるほど！」

それから夜ごはんの時間まで、旦那様と『狐と鵞鳥《フォックス&ギース》』で遊びました。狐の駒が一個と、鵞鳥の駒が十三個で遊ぶボードゲームです。

「きつね！　なんで！」

「ぶふぉ」

旦那様のは狐も鵞鳥もつよいのに、私のは狐も鵞鳥もよわい。でも最後の八回目は私の狐が勝てました。


夜ごはんは聖夜祭のご馳走で、特別にタバサたちも一緒に食べたのです。しかもなんと丸ごとの鳥がテーブルにどんっと！　これを切り分けるのは家長の仕事なんだぞって、旦那様がきれいに削いだお肉とおなかに詰まっていたにんじんや豆を、お皿にきっちり並べてくれました。旦那様は剣もお上手ですから。

「丸太！　丸太のケーキ！」

薄茶色のチョコレートクリームが樹肌みたいに波の筋を描いてて、スポンジケーキは刻んだ果物と生クリームをぐるりと巻き込んでいました。ずらり並んだ真っ赤で小さな苺には、粉砂糖が薄く振りかけられています。苺！　冬なのに苺！

赤い三角帽子をかぶった小さな砂糖菓子人形は、私のお皿にやってきてくれました。

「さすが奥様。躊躇《ためら》いなどなく頭からですね」

しゃりっとして美味しかった。


風のない雪の日は、いつもよりもずっとずっと森が静かです。梢も鳴らさずに木々はじっとふかふかの雪をかぶっていきます。

魔王もじっとしています。冬の間は雪が深くて、おいもをくれるちっちゃいにんげんも会いに来てくれません。

雪のない時期はきらきらと光の粒を揺らしていた碧い泉も、薄氷に粉のような雪を載せて眠っています。雪の夜の森は、月と星の明かりを照り返して真昼の空よりもずっと明るい青に輝くのです。

魔王のたくさんある真っ黒な手も足も、ふかふかの雪が覆い隠していきます。降ってる間は真っ白なのに積もっていくと青く輝きはじめる雪が、どんどんどんどん魔王を隠していくのだけれど、それでも魔王は動きません。

冬の間は起きている魔物も少ないし、それでなくとも、収穫祭のために魔物をいっぱいやっつけてしまった。だから襲ってくる魔物も少ないので、魔王は誰に邪魔をされることもなく泉のそばでじっとしていられるのです。

おなかも空いているからちょうどいい。

たくさんある目のうちのいくつかが、時折ぱちぱちと瞬きをして、そのあたりの雪はぱさりと落ちます。

魔王は周囲の木立を見回して、空を見上げて、また目の前の凍った湖面を見つめます。

どこもかしこもなにもかも、みんな眠っている。

魔王は暑いのだって寒いのだって平気です。でも暑いものは暑いし寒いものは寒いってわかっています。雪だって冷たいのをちゃんと知っています。でもそれで動けなくなったり死んじゃったりはしません。

ただ、冷たくって寒いだけです。

魔王はなるべくじっとして、春になるまで動かずにいます。春になれば——ああ、いいえ違います。

もうこの頃にはおいものあの子はずっと来てくれてなかった。

ちっちゃいにんげんは、おっきくなって、それからまたしわくちゃのちっちゃいにんげんになって。

あの子のいない春はもう何度も何度も迎えていました。十六回くらいまでは数えてたと思います。

また春がきたのにあのちっちゃいのが来ないって、あら？

それは魔王が思ったことでしょうか。魔王の思ったことを私は――

「――っと、お、起きたか」

「……旦那様。それは」

ぱちって目が開きました。

ふいっと急に目が覚めて、そうしたら旦那様のお顔が目の前にありました。いえ、いつも一緒のベッドで眠ってますから、起きたら旦那様がいるのはいつもなんですけど、いつもは横にあるのに今は真上にあります。

旦那様はなんだかちょっと困ったようなお顔をしてから、あちこちに視線をうろうろさせました。よく見たら旦那様の両腕は私の枕の上のほうに伸びていて。

「金剛鳥！　これ金剛鳥です！」

私が抱えても抱えきれないほどおっきな金剛鳥の、これは、ぬいぐるみ！　道理で本物よりちょっとちっちゃい！

お布団をがばっと跳ね飛ばして、金剛鳥をぎゅっと抱きしめました。

魔王の時に金剛鳥を見たことはもちろん食べたことだってあります。だけど襲ってきたときにぱくっと一口してましたから、こんなふうに触ったことはなかったのです。

「うわあああ！　ふかふか！　もこもこ！」

　柔らかくて、しかもあったかい！　ぎゅっとした腕も顔も、ぼふんって埋まっていきます。ほっぺにもおでこにもするするすべすべした感触が気持ちいい。

「これどうしましたか！　旦那様これどうしましたか！」

「あ、あー……、あれだ。聖夜祭の贈り物、だな」

「小鬼《ノーム》から⁉」

「いやそっちのじゃなくて」

「ですよね！　旦那様からのがいいです！」

「お、おう！　じゃあ俺からだ」

「はい！　ありがとうございます！　私はいい子でしたから！」

「ふはっ、ははは、ああ、とびきりのいい子だったからな」

　分厚いカーテンがひかれているので、外の様子は見えませんが、たくさんの雪が音もなく降り続けているのはわかります。

　だけどお部屋の中には、暖炉でぱちぱち火花が弾ける音と、サイドボードにはランプの明かりを透かすお花の飴と、金剛鳥ごと私をぎゅっとする旦那様の笑い声。

　赤みのある橙色で明るくて。

　ぽかぽかと春の陽みたいにあたたかくて。

「さあ、朝まではまだあるから、もう一度寝ような」

「はい！　……えっと、こう！　こうです！」

　大きな金剛鳥が間にあると旦那様が遠くなるので、金剛鳥を抱っこした私を後ろから旦那様に抱っこしてもらいます。

　おやすみ、と口づけと頬ずりをつむじに受けて、ふかふかとぽかぽかにぐるぐる巻きになって。

　魔王のときも、アビゲイルになってからも、ロングハーストの冬はずっと寒かったから、あたたかい冬があるって私は初めて知ったのです。

2 せいだいなおみおくりをしてもらいました

ロングハーストの領主館にいた使用人や補佐たちはみんないなくなっちゃいましたので、第四王子は私たちと一緒に王都へ帰ることになりました。予定では十日ほど滞在するはずでしたが、結局半分もいなかったです。

それでも帰ることが決まるまで、第四王子はずっと旦那様に何か色々おねだりしてました。旦那様は知らんぷりだぞ知らんぷりって言ってましたから知らんぷりです。私は森の泉で旦那様に差し上げる石を見つけましたから、もうご用はないですし。

竜が来るときにお手伝いした荷造りは、今度はお手伝いしませんでした。お散歩してる間に終わっちゃってたので。ちゃんとお手伝いしますって言っておけばよかった。上手にできるようになったのに。

もう後は馬車に乗り込むだけなのですが、旦那様にお願いして領主館の裏にある桑の木のところまできています。

「この辺です。旦那様。この辺の枝をしゅぱっと！」

旦那様はお得意の〝切り裂け〟で、ちょうどいい感じに若い枝を切り落としてくださいました。切り口はしゅぱっと斜めに尖っていてお見事です。

「アビー、またイーサンへの土産か？」

「持って帰って、お爺に植えてもらいます。連れて行って欲しそうなので」

「んんっ？　あー、そっか……王都まで四日はかかるからな。枝が死なないようにしてもらおう」

　拾い上げた枝を従者に預けて、馬車回しに向かいます。お爺はきっと上手に育ててくれると思いますし、実が生ったらまたタバサがコブラーを作ってくれるはずなのです。とても楽しみ。繋いだ手をついぶんぶん振ってしまいましたら、旦那様はふっと笑ってもっと大きく振ってくださいました。

　馬車回しには第四王子たちの馬車も合わせて何台もずらっと並んでいて、刈り込まれていない生垣が馬車まで枝を伸ばしてるから少し窮屈そうです。そこから外門へ続く石畳の道沿いには、もう枯れはじめた花が植わっていました。葉っぱもしおしおで、からからに乾いた地面が見えています。ここにはお爺がいませんからね。仕方ありません。

　私たちに気がついた第四王子が右手をひょいと上げたのと、旦那様が繋いだ手を離して私を背に隠したのは同時でした。

「化け物め！」

　カンっと硬い音が響いて、私のこぶしほどもある石がころころと転がっていきます。

　旦那様が鞘にはいったままの剣で、飛んできたその石を叩き落としたのです。見ました。しっかりとちゃんと見ました。やっぱり旦那様はおつよい。

野放図に伸びた生垣の裏から叫びながら飛び出してきたにんげんは、そのままハギスに取り押さえられました。

このにんげんは見たことないです。多分。

◆◆◆

アビゲイルに石を投げたのは十歳を超えたくらいの子どもで、他にも大の男二人がうちの護衛によって地に伏せられている。絶え間ない罵声は、元補佐たちがわめき続けていた内容とさほど変わらない。――この地で起きた不幸や不運は全て金瞳のせいだと。

「てっきり先輩は自分で罰したいかと思ったけど、任せてもらっていいのかい?」

「権限をお持ちなのは殿下でしょう」

ロングハーストの領主補佐をはじめとした罪人どもを森に捨ててきてから数日。

領主館に訴え出てくる罪人どもの親族や領民たちは日ごとに数を増やし、随分と身分の垣根が低いものだとドミニク第四王子殿下は皮肉げにその口元を歪めた。

ドリユーウェットもよその領地に比べ領民たちとの距離は近いほうだが、秩序を保つための一線を越えることはない。ここの垣根の低さは、単に舐められているということであり、国の頂点に立つ王族として認められるものではないだろう。

　領都の中心にあるこの館は街中といえどその敷地は広く、外と隔てるのは石壁ではなく装飾を凝らした鋳物柵と目隠しになる柊《ひいらぎ》の木立のみ。今日は屋敷周辺の警戒を殿下の護衛に任せていたが、抜け道があったのか隙があったのか。気配で察していたから良かったものの。

　捕らえた奴らは、この地に交代で留まる予定の騎士たちへと引き渡した。王族がいる場に石を投げるなど、本来ならその場で首を刎《は》ねられて当然のことだ。そんなことすら知らないままでいられたこの土地の人間に理解《わか》らせるのには、ちょうどいい見せしめだと言える。

「僕、あんまりそういうの売りにしてないんだけど……さすがにここまで甘く見られていると統治に差し支えるからねぇ」

「良いようにつかってくだされば。ただ、護衛騎士たちは少し鍛え直すべきでしょうね」

「――っそ、そうだね。夫人を、み、見習わせる、よ」

　口を押さえた指の間から搾り出るような声を出して、殿下はそっぽを向いた。

　……見習う？

「旦那様！　私も！　私にも石を投げてください！」

　振り返ると、どこで拾ってきたのかちょうどいい塩梅の枝を両手で構え、きりっと眉尻をあげるアビゲイルが。

「えええ……」

「私もできます！　さあ！」

そっかー。石を叩き落したの、気に入ったのかー……。

というか石なんか投げるのは嫌だぞ。言い逃れを考えようとしたところに、ロドニーが畳んだ革袋にぐるぐると紐を巻き付けてボールをつくりながらやってきた。ああ、あれなら間違って当たっても痛くはないだろう。

「もー、しょうがないですねぇ、奥様。一回だけですよー」

「はいっ」

「それっ」

下手投げされたボールは緩い放物線を描く。

「たー！」

しっかりと右手で握った枝はそれなりにいい鋭さで空を切り、ボールは左手でぱしっと小気味よい音とともに受け止められた。

かえって難しいぞそれ!?　すごいな!?

◆◆◆

もう一回ってお願いしたのに、ロドニーはしゃがみこんでしまってボールを投げてくれませんでした。どうして左手が出てしまったのでしょう。

確かめられないまま馬車に乗って出発しました。

枯れ葉や落ち葉が吹き溜まったところにあったちょうどよい枝はタバサにとりあげられてしまったので、持っているつもりで練習しています。

こうきたらこう！　こうきてこう！

旦那様には向かいの座席に座ってもらいました。きっと次はちゃんとできるので、休憩のときにまたボールを投げてもらうのです。

「あー、君、運動神経いいのに不思議と道具を使うのは苦手だよな……」

「そんなことないです。できます」

旦那様の隣に移って、窓の外を見張るために靴を脱ぎました。イメージはもう完璧ですし、ちょっと息が切れてきましたし。

「もう練習はいいのか？」

「ばっちりなので！」

「お、おう」

今日の空は薄曇りで、きっと私たちが領を出る頃くらいに雨が降り出すことでしょう。

旦那様が私の後ろ髪を指でくるくると遊ぶので、ちょっと引っ張られる感触が馬車の揺れと相まって心地よいです。

「なあ、アビゲイル」

「はい」

白いおなかをした小さな鳥が、群れを成して森の方へと飛んでいきました。

あれは魔物じゃないけど、森でも多分暮らしていけます。自分より強いものに食べられちゃうのは森じゃなくても同じなので。

「持って帰るのは桑の木だけで、ミズナラとか他はよかったのか？」

「みんな森に帰るみたいだからいいです」

「あー帰るのか……そっか。やっぱりそうか」

どんぐりも全部森に飛んでいきましたし、ちょうどよかったと思います。

旦那様は私を膝に乗せて、ぎゅうっとしました。


最初の休憩場所でロドニーがいれてくれたハーブティをいただいていると、後から到着した第四王子がよそ見しながら近寄ってきました。ロドニーたちが使っている馬車をすごく見ています。

馬車というか、後ろのほうの普段従僕が立って乗ってるところ。

「ねえ、あのランブルのとこに干してるのってきのこ……？」

そう、ランブルです。あそこに乗ってみたいって前にお願いしたのですけど駄目って言われました。そこに紐でくくられたきのこがぶら下がっていて、第四王子はそれが気になったようです。

森で拾ってきたきのこですけど、きのこを見たことないのでしょうか。

「あれはイーサンにあげるお土産なので駄目です」

「いや、欲しくはないんだけどさ。え、なんでびっくりするの」

とてもぴかぴかだから欲しいのかと思いました。違った。旦那様が小さく舌打ちしてからおすましで答えます。

「妻が土産にと採ってきたものです。屋敷までもたせないといけないので干しただけですよ」

「んんー！　聞きたいのは干してることじゃなくて光ってることなんだけどな！」

「きのこは数千種類あるそうですから」

「え、そうなの？」

旦那様やロドニー、タバサも一緒に頷いて見せると、そうなんだ……？　って第四王子は納得したみたいです。

私は気がつきました。もしかして王都のきのこは光らない。それはきっと珍しいものってことです。イーサンは喜ぶに違いありません。やりました。

◆◆◆

一息ついた後にアビゲイルはまたロドニーにボールを投げてもらい始めたけれど、案の定枝に当てるのではなく手で受け止めている。本人もやる度に首を傾げているが、見てるこっちもよくわからない。何故だ。

「アビー、もう汗かいてるだろう。また今度にしなさい」

「……」

納得がいかないのか、きゅっと口角に力を入れながらも大人しくタバサに額の汗を拭かせる姿が可愛いなと思っていると、何食わぬ顔でずっと同席していたドミニク殿下が隣で深く息を吐いた。

「休憩のはずなのに腹筋が疲れたよ……」

「鍛錬のいい機会になったようで何よりかと」

「僕だって一応」

「毎日でなくては鍛錬とは言えません」

「だってさー、何あのずさんな資料管理！　身体動かす時間や気力が湧くわけないじゃない！」

一応滞在中に色々と調べようとしていたのは知っている。死んだ文官たちが系統立ててまとめ直した痕跡はあれど、それでも追いついてはいなかったらしい。

第四王子という地位を持ちながらも部下だけに任せず、自ら足を運んで目を通す気概を認めてもいいとは思うが。

タバサにうなじや髪の根元をタオルで拭かれるアビゲイルの頭がぐらぐらしてきている。そうか。眠くなってきたか。運動したからな。

「僕もさぁ、そのうち臣籍に降るわけじゃない。色々とね、こう、自分の立ち位置とか基盤とかそういったものを安定させたいわけですよ」

「はあ」

　座ったままで両手を広げれば、ちょっとふらつく足取りの小鳥が寄ってきた。

「先輩だって次男で、普通は長男の補佐に入るけど、それだけじゃなく自分の力で足場を固めたわけでしょ」

「まあそうですね」

　領主館には、先行してきていた騎士と今回連れてきた従者を一部残したらしい。迂闊に領民を立ち入らせないよう警戒しつつ、新たに派遣する文官たちが到着するまでのつなぎとしたそうだ。

　普通は地元をよくわかっている縁者なりを使うものだが、あそこならそれが妥当だろう。全くあてにならんし人死にまで出ているのだから。

「僕は継承権低いしさ、それでもそれなりに上手くやってるし可愛がってもらえてる。父上だっていいように計らったつもりでのロングハーストなのはわかってるから、僕も期待に応えたいと思ってたんだよね。でもなーここなーきっびしいよねぇ」

　泣き言もわからないではない。しかもこの先はもっと厳しくなるだろう。

　俺たちが出立する時にはもうすでに草花ばかりか地面もからからに乾いていた。この夏を目の前にした季節に、だ。枝先がしなるほどに実っていた桑の実も、季節外れのどんぐりも、すっかり姿を消していた。

　この土地がこれからどうなるかなどたやすく想像がつく。

王族のいる場に石を投げるほど能天気で、対価のない豊穣をただ享受していただけの領民が、一体どれだけ渇きに耐えられるか。

教えるつもりもないけどな！

どうせそのうち身をもって知ることになる。とばっちりみたいなものだとも思うが、王家もわざわざ自ら火の粉をかぶりにいったのだから自業自得だ。

眠気で目をとろりとさせて、アビゲイルがティーテーブルを囲む俺とドミニク殿下の間に立った。俺の肩にもたれた赤髪のつむじがほかほかじゃないか。どんだけ汗かいたんだ……。

「ねぇ、だからさー先輩聞いてます？　もう連れてきたりしないから、帰ったらもうちょっとだけ夫人にって、え⁉」

殿下の鼻先すれすれに、アビゲイルの左腕がひゅっと薙ぐように空を切る。

ゆるく握られた小さな手が、そのままおもむろに殿下へと突き出され……あー。

「えっ、何？　どうしたの夫人」

「どうぞ」

戸惑いながらも、両手で包むようにそれを受け取った殿下が悲鳴をあげた。

「何⁉　何これ！　ぶんぶんいってる！　何これ怖い！　見れない！　開けれない！」

「バッタモドキです」

「えっ、えっ、なんで⁉　なんで⁉」

「さあ、アビー。馬車に戻ろうな」

「待って！　待って！　これどうしたらいいの！」

「妻が風邪をひくといけないので失礼します」

あれだな。この飛んでるものを掴む癖のせいでボールも掴むんだな。

そういえばそうだった。そうだった。

◆◆◆

明日には領境を越えられるだろうくらいの頃、今日泊まる予定の町へ先行させていた従者が大慌てで戻ってきました。

　いつもなら宿とかを手配して町の入り口に立って待っているのですけれど、旦那様も馬車から降りて難しいお顔をしながら従者の話を聞いています。

　別の馬車に乗っていたタバサとロドニーも降りて一緒にしかめっ面をしていましたので、私も額に力をいれました。ドリューウェットの者として！　きりっと！

　話の内容も私は耳がいいので聞こえます。宿がとれないって。

「殿下のほうの宿は確保できてたんだな？」

「はい……行きと同じ宿を。人数を考えればこちらも同じく前回泊まった宿しかないのですが、もう部屋はないとの一点張りで。でも馬屋の様子を見てもそんなわけがないと」

「ああ、いい。察しはつく。あの宿だからな……全く能天気なことだ」

あの宿とはなんでしょう。前回泊まった宿といえば、美味しいさくらんぼがあったところです。まださくらんぼは美味しいはず。

縮こまった従者の肩を軽く叩き振り返った旦那様の目と、馬車の窓から顔を出していた私の目が合います。

旦那様がこちらに足を向けたので、お迎えすべく馬車から飛び降りましたら素早く抱き止められました。今すごい早かった！

「エスコートを待つようにってタバサに習わなかったか」

「そうでした！」

うっかりしました。

旦那様はいつも通り私を抱っこしたまま、タバサたちのいるところへ戻ります。

「えーっとな、次の町に殿下は泊まるんだが、俺たちは通り過ぎた先で野営をしようかと」

「お外でお泊り⁉」

「お、おう、君は経験ないだろう？　不便をかけるが「ごはんもお外ですね⁉　ごはんつくるのは誰ですか！」あ、うん。ロドニーとか俺も「旦那様も⁉」……平気そうだな。うん」

外で眠るのは魔王のときぶりです！　旦那様のお膝に座って寝るのがいいかもしれません！

どのあたりがいいでしょう。来るときの道のりを思い出します。

草地が広がっているところもありましたし、道沿いにある林の中にもちょうどよくぽかりと何も生えていない場所があります。

「えー、何。うちの従者に聞いたけど、野営するのー？　それなら僕らも」

後方からついてきていた第四王子も馬車を降りてこちらにやってきました。

「宿が確保できているんですから、殿下はそちらにどうぞ」

「野営経験くらいあるし、贅沢いうような空気読めないことしないの知ってるじゃない」

「読んでください。護衛騎士たちの苦労を」

「そういわれちゃうとなー！　そうだよねー！」

とても残念そうに第四王子は引き下がりました。わかります。お外でお泊りはきっと楽しいのですから。

明日また合流したとき用に、何か採っておいてあげてもいいかもしれません。きのことか葉っぱとか。


町で第四王子と別れ、あちこちのお店で色々と買い足してから先を進みました。

「あの辺はどうですか！」

「ちょっと狭いかなー」

「じゃあ！　じゃあ！　あっちの方はどうですか！」

「平らなほうがいいよなー」

馬車の中から指を差して、どんなのが野営に向いている場所かを教えてもらいます。色々ありました。

日暮れ前に着いた野営地は、旅人や商人によく使われる場所だそうです。

見晴らしがよくて、草地で、ちょっと歩いたところに川も流れてる。焚火もするから、草地なのはちょうどいいのだと思います。森で焚火は駄目なので。

護衛たちは周囲の警戒と薪拾いと水汲みに分かれました。御者は馬たちのお世話。予定外の野営なので、ロドニーとタバサは従者とともに、使う荷物をそうじゃないのと整理整頓しながら下ろしています。

椅子代わりにいくつか置かれている丸太に腰かけて、旦那様は隣で剣の状態を確認しはじめました。

私は何をしたらいいでしょう——そうです！

「どこ行くつもりだ？」

「夜ごはんをとってきます！」

「待て待て待て。さっき食材は買っただろう？」

立ち上がったところを、また座るように戻されました。

「でも旦那様、料理長が今はいないので、私は女主人として料理長の代わりに采配をしなくてはいけません」

「料理長も普段自分で食材とってきたりしてないぞ」

「料理長はドリューウェットで、うさぎとか鹿を獲ってたって言ってました」

「そうだなー、仲いいもんなー、そりゃ聞いてるよなー」

そうでしょうそうでしょう。

料理長は普段あんまりおしゃべりしないそうですけど、料理や食材のことはたくさん教えてくれるのです。あと体術が得意な妻とちっちゃい娘がいる。

ちょうど水を汲んで戻ってきた護衛が、もう一度汲みに行くというので一緒についていくことにしました。

私も水汲み用のを持とうとしたのですが、顔を洗うときの盥《たらい》を持たされました。軽くていい。

「あ！　鼠葡萄《ねずみぶどう》！　旦那様！　鼠葡萄！」

「突っ込んでいかない！　俺が採ってくるから！　……どこだ、ほんと目いいよな」

鼠葡萄は蔓で巻き付いた木の葉っぱに似せた葉をつけて、小指の爪ほどの小さな実はその葉っぱの陰にこっそり生ります。鼠が一番先に見つけるから鼠葡萄です。

川に続く小道の両側にある木立の奥を指差すと、旦那様が藪をかき分けて採って来てくれました。

「採ってきたはいいけど、これ君には酸っぱすぎじゃ……甘いな」

これはロングハーストの屋敷の裏にはいなかったので、アビゲイルになってからは初めて食べますけどちゃんと甘くなってました。偉い。私の盥には房をひとつ入れました。残りは旦那様が持つ水桶です。そっちは大きい。

小川は頑張ったら四歩ほどで渡れるくらいの幅でした。真ん中あたりでも膝までしかなさそうな浅さだから、川底の石もはっきりとよく見えます。

ほんのりと空が赤くなりはじめそうな日の光が、ゆったりと流れる波頭を細く金色に縁取っていました。

その下をついっとくぐって走る影——います！

「あっこら！」

先導していた護衛も追い越して川べりまで走って！

「〃凍てつけ〃！」

ぱんぱんぱんと乾いた音を立てて、小さい稲光が何本も川に落ちました。

◆◆◆

ぷかり、ぷかりと白い腹を見せて浮かび上がるいくつもの川魚。

我先に川岸にたどり着いたアビゲイルは、とんでもない得意顔で振り向いた。

「詠唱はそれじゃない……っ」

発動前に叫べばいいってもんじゃないんだよなあああ！

「あっ、主様！　魚が！　流れていきますって！　もったいな！」

「お、おおおーっ」

驚くほどためらいなく護衛たちは川に突撃して、流れる魚をつかんでは次々と岸に放り投げて

いく。

　俺が幼い頃についてくれていた奴らなんだが、うちの人間はこういう判断能力が高くて恵まれているとしみじみ思う。

　いそいそと靴を脱ぎだしたアビゲイルは勿論止めた。

　鼠葡萄はアビゲイルの盥に入れ替え、水桶には気絶した魚を拾い集めて放した。盥を自分で持つと言い張ったから持たせたものの、跳ねて歩くから盥の中から鼠葡萄がちょいちょい飛び出している。

　楽しそうで何よりだけれど、あれは酸っぱすぎて鼠しか食べないから鼠葡萄って言われていたと思うんだが、甘くて美味かったのは……まあ、アビーが見つけたものだしな。

　野営場に戻れば、ロドニーが調理にとりかかっていた。食材の現地調達予定はなかったけれど、水桶を見て予定通りだったみたいな顔をした。

「ですよねー」

「だなー」

　盥をタバサに預けたアビゲイルは、焚火の周りをぐるぐる回っている。休憩の時に起こす火より大きいからだろう。

「おいも！　おいものにおいします！」

「まだですよーじっくり焼きますからねー」

「はい！　ロドニーはお茶だけじゃないから！」

「ごほっ」

「くっ、あ、ありがとうございます」

慣れたもので、多少腹にはきたようでもロドニーのナイフを扱う手元に危うさはない。けれど護衛たちのほうが咽せた。

「アビー、もうちょっと後ろ」

鍋底から舐めるように上がる火のぎりぎりまで覗き込んでしゃがむアビゲイルをそのまま後ろにずらす。

顔が熱くなる前にしたつもりだったけど、前髪をさっと整えようとしたタバサの手つきがおかしかった。やっぱりちょっと鈍い……これだから目を離せないんだ。

しゃがみこむ尻が楽し気に跳ねている。いつひっくり返ってもおかしくないから、すぐ後ろに陣取った。

周囲からの生温い視線にはもう慣れた……いや、やっぱりやめろ。仕方ないだろ！

「あ」

切った具材を鍋に入れていくロドニーの後ろに素早く立ち上がって並んだと思ったら、その手にはサーモン・ジャーキーが握りしめられている。入れたいかーそっかー。

厨房にあれだけ通い詰めてるくらいだから、当然料理に手を出そうとしたことはある。

　ナイフを持つ手つきにまず料理長の泣きが入ったし、俺も倒れ込みそうになること数回。何度かの挑戦を経て、料理は女主人の仕事ではないと言い聞かせ諦めてもらった。実際、貴族夫人が手ずから料理することは、趣味でもなければしないしな……。


　護衛たちはそれぞれ武器の手入れや周囲の警戒、魚の焼き具合を見たりしている。焼き具合を見てるのは休憩も兼ねてだ。夜は交替で警備にあたってもらう。

　宿を使えれば警備に当てる人数を減らしてやれるんだが、さすがに野営ではそうもいかない。俺やロドニーは当然、護衛たちも慣れているから支障はないけれど、それと宿の対応が腹立たしいのは別の話だ。

　部屋が空いていないと言い張った宿は、行きで使った時にアビゲイルの金瞳に忌避感を露わにしていた。宿泊拒否はそのせいで間違いはないだろう。これまでアビゲイルに会ったこともなかったくせに。

　領都の連中もそうだが、貴族相手によくもまあやらかすものだ。権力を振りかざしてごり押ししてもよかったけれど、不快な思いをしてまで金を落としてやることもない。

　この領地全体が因習にとらわれすぎている。都合の悪いところだけをそぎ落として伝え続けてきた結果だ。滅びろと三回念じた。

　確かにアビゲイルは育った環境のせいもあって感覚が人間のそれとは違う。

　けれど傍で接していれば、人間の倫理でいう邪悪さとはかけ離れていることがすぐにわかる。

だから屋敷の者たちだってアビゲイルの特殊な才を追求しようともせずに黙って飲み込んでいるんだ。勿論うちの使用人の質が高いからというものあるが。

「何してますか。何がかちかちいってますか」

「へ？　ああ、ちょっと手持無沙汰だったんで」

　さっき率先して川に突っ込んでいった古参の護衛が、魚を見ながら胡桃ふたつで手遊びしている音に気がついたらしい。

「食べますか」

　片手で割って中身を出した護衛に、金瞳が丸くなった。

「わあ、強い。私もします。あれ……」

　大ぶりの胡桃ふたつは小さな手に収まらず、こすり合わせる音すら立てられない。うん。高々と手をあげて頑張っても無理なもんは無理だろうな。ふたつこすり合わせて割るのにはコツがあるんですよなどと護衛は気をつかっているけれど、コツ以前に握力が圧倒的に足りない。

「コツ！　もう一回見せてください！」

「……」

「あっはい」

「わあ！　もう一回！　もう一回で――旦那様？」

　手からはみ出しかけてる胡桃をひとつだけ取り上げて、片手で握りつぶした。

「わああ！　さすが旦那様！」

「……主様、中身まで砕いてどうすんですか」

殻をよければいいだろ！　よければ！　こっち見るな！　やめろその目！

◆◆◆

串に刺して丸ごと焼いた魚も美味しかったし、サーモン・ジャーキーの入った野菜スープも美味しかった。串刺しの魚は頭から食べないで横から食べるとかサーモン・ジャーキーも煮たら柔らかくなるとかも覚えました。

そしていよいよ焚き火の隅に隠れていたおいもがお皿に載ります。

「はいはーい。奥様ちょっとお待ちをー」

ロドニーがチーズの塊を炙り出しま――ああ！　とろっと溶けたところをおいもに！

「おぉ……」

フォークで割ったおいもを溶けたチーズに絡めて少し待ちます。

これはとても熱いはず。もういいでしょうか。きっともう大丈夫。とろとろのチーズがもったりとした塊になってきましたし！　あっつい！　まだ熱かった！　でもこのくらいなら！

「おいひいです！」

「こふっ、う、うん。ほらアビー、水あるから」

「ふぁい！」

ほこほこで、でもチーズが絡んだところはなめらかで美味しい！

「すごいです。焚火なのにガリってするとこ全然ない！　全部ほこほこ！　ロドニーは焚火も上手！」

「ねー、褒め上手な奥様につけてオレも誇らしいですよー」

「はい！」

赤と黄色の焚火の明かりが、旦那様やみんなの顔を照らしていて。

別にもう夜でも冷えはしないですけど、とっても気持ちがいいあたたかさなのは焚火のおかげだけじゃなくて、もしかしたらみんなにこにこしてるからかもしれません。

楽しいのはあたたかい。

私とタバサの分だけ馬車の中に寝床をつくるというので、私は旦那様のお膝がいいってお願いしました。お外でお泊りなのですし！

座ったままだと疲れがとれないって、お膝は駄目でしたけど毛布を三枚ひいて寝床を作ってもらえたからそれでいいです。

眠ったときには腕枕をしてもらっていたはずなのに、目が覚めたら旦那様がいませんでした。

火の番をしている胡桃の護衛と一緒に、焚火を囲んでぼそぼそとおしゃべりをしています。

口をちょっととがらせたり、目を伏せて小さく笑ったりしていて楽しそう。

囁き声の低さはおだやかな風が梢を走るときの葉擦れの音に似ていて、何故だかふわふわとしてきま——あら？

「お。すまん。うるさかったか？」

私が目を開けていることに気がついた旦那様が、手にしていたカップを地面に置きました。うるさくないです。体を起こして首を振ります。

「いい音でした」

「ん？」

「旦那様の声じゃなくて、呼ばれたので目が覚めました」

「呼ばれたって」

私たちは焚火のそばにいますけど、ロドニーや他の護衛たちはもう一回り離れて横になっています。魔物は来ないですよと伝えたのですけど、野盗が来るかもしれないから夜の間は交替で見張りをするって言ってました。タバサは馬車の中。

「起きてるのは俺たちだけだぞ」

「魔物たちも起きてます」

「……来てるのか？」

胡桃の護衛が中腰になって、旦那様も脇にある剣に手を伸ばしました。

「襲ってはこないです。この辺りにいる子たちはよわくても賢いほうなので」

見晴らしがいいだけあって、この草地から林まではちょっとだけ距離があります。木はそれほど密集してはいませんが、もさもさと茂る藪の隙間から小さな目がいくつもこちらを覗いていました。

「ほら、見てるだけ」

「うぇぇ……？」

そちらを指差すと、旦那様と胡桃は揃って目を細めましたけれど見えないようです。


魔物たちとするおしゃべりは、人間の言葉とは違います。

というか言葉とも違う。違う種類の魔物同士でも同じではありません。

私はなんとなくどの子もわかるだけです。

だけど、今私を呼んだのはそれとも違ってて。


「じゃあ呼んだってのは」

「あの子たちは見てるだけです。仲間同士ではこしょこしょしてますけど」

「ほお」


この辺りは、そよとも風は吹いていません。

けれども林の葉は気ままに揺れています。

ときどき、ちろろ、きーって虫が鳴いています。

ぽこん、ぽこんって、まだ熟していない木の実が落ちる音。

きのこがふーって粉を吐き出しています。

その向こうの小川のさざめきが、ゆったりと遅くなっていきます。

それとは逆に星の瞬きは忙《せわ》しなくなって。

旦那様が私をそうっと毛布でくるみました。

「ご挨拶でした」

「……なんて？」

「またねって」

別に王都からでも聞こえないわけではないのですし、ノエル家へ去年向かったときには言ってなかったと思うのですが。

ご挨拶されたので、またねって返してあげました。

3 ししゃくふじんですからいそがしいのです

明日はやっと王都に着くので、今夜の宿がこの旅最後のお泊りとなります。

王都に近いこの街にはそれなりに大きな宿があって、だからそれまでとは違い第四王子と一緒の宿でした。第四王子の一行と私たちノエル家を合わせるととても大勢なので、道中はほとんど別の宿だったのです。……行きもこの宿だったと思うのですけど、そのときはどうだったでしょう。確かお部屋で食事をしたはずです。

おいものダンプリングが美味しかった。潰してお団子にしたおいものなかにお肉がはいってて、みちみちなお肉の濃い味がもちもちのおいもで柔らかくなって美味しいのに一個しか食べられなくて……そのとき第四王子はいなかった気がします。多分。

今度は食堂でごはんです。全部貸し切りだから楽にしていいよって第四王子は言いましたけれど、私にはタバサや旦那様がいてくれるからいつも楽です。

「予定より短く終えたはずなのに、なんだか長かったような不思議な感じがするよ」

「予定より短かったんだから短いでしょう」

「そういうことじゃなくてー」

テーブルの上には大皿に載ったお料理がいっぱい並んでいます。こういうときはタバサがいつも私の食べられる分だけをサーブしてくれるのですけど、今は周りに第四王子の従者しかいないので旦那様がしてくれました。タバサとロドニーはちょっと離れたテーブルで食事しています。

「週に一度でいいから。ね？　ね？」

「なぜ譲歩の言い回しなんですか。お断りします」

「僕だってせめてこの帰りの道のりで済ませようと思ってたんだよ？　でもさ」

　また第四王子は旦那様におねだりをしています。道中、顔を合わせるたびにおねだりしてましたけど断られています。第四王子諦めない。うさぎのシチューは食べ終わりました。お肉もにんじんも大きかったのですが旦那様が少し持ってってくれたから、他のもまだ食べられます。あのトマトで煮込んだお肉、あれはなんでしょう。すごくまん丸です。トマトがたっぷり絡んだまん丸のお肉が山盛りです。肉団子かなって思いましたけど、表面がすごくお肉だから違う。どうしてあんなまん丸……。

「全然相談どころかお話もできないじゃない。昼寝しちゃってるんだもの！」

「あの地でかなり疲れがたまったようですからね。アビー、別にこういう形の肉なわけじゃないからな」

　まん丸お肉が来ました！　ころんとしたお肉の表面には焦げる直前の焼き目がついてます。

　転がらないようにフォークを刺してナイフをいれ――なんてこと！　表面のお肉と中のお肉が違います！　肉団子を普通のお肉でぐるぐる巻きにしてるのです！

「体が弱いとは聞いてたけどさ」

「私はつよいです」

「こまめな休息が必要なので城勤めなどとても。大体領地管理なら優秀な者はもっと城にいるでしょう」

　一口頬張ると、表面のお肉は薄くてもしっかりとした歯ごたえがあって、それからじゅわっと肉汁があふれる肉団子がほろりとほどけます。こってりとした脂が、トマトの風味ですぐにさらっと流れました。美味しい！

「そりゃそうだけどさ。かろうじて持ち出した資料だってまるで系統立てされていないし」

「旦那様」

「ブラジオリだな。妻のおかげで主要なものは選別して持ち出せたはずですよ」

「ブラジオリ……お肉の中のお肉です」

「こふっ」

「あとは専門家にお任せしたらどうです。気に入ったなら料理長にも伝えておこうな」

「はい！」

　美味しいものを料理長にお知らせしておくと、もっと美味しくなって出てくるのです。本当はもう一個食べたいけど、我慢します。この前はおいものダンプリングでおなかいっぱいになっちゃってデザートが食べられなかったし、料理長にお願いしたらまた作ってもらえるのですし。

　旦那様は丸いパンを半分にしてくれたので、それにブラジオリのソースをつけて食べます。パンも表面がぱりっとして中はふかっとして美味しい！

「それだよ。それ。そりゃ専門の文官だっていっぱいいるさ。だけど夫人ってば資料のどこに何があるのかも覚えてるし、意味ばかりか計算だって一目でわかっちゃうじゃないか！　聞いてないよそんなの！　ってまた舌打ちするー！」

「アビー、ほらデザートが来たぞ。前は食べられなかっただろう」

「はい！　これです！　カンノーリ！」

「文官に引き継いでくれるだけでいいからー！」

生成り色の薄い生地がくるりと筒になっていて、その両端からこぼれそうなクリームには赤みがかった黄色の果実が混ぜてあります。

「あっ旦那様！　丸ごと食べれます！　大丈夫です！」

半分に切り分けようとする旦那様を止めました。このくらいなら食べられるのです。そうしたら旦那様は、ご自分のお皿にあるカンノーリのクリームが見えるように向きを変えてにっこりしました。

「こっちのクリームはナッツが入ってるぞ。両方じゃなくていいのか？」

「半分にします！」

まさか種類が違うだなんて！

よし、と頷いた旦那様は、さくりとふたつ切り分けて半分ずつを私のお皿においてくれました。

「ねえ、夫人ってば。お願い聞いてよ。っていうか、夫人って小食だけどしょっちゅうおやつしてるよね」

この生地は焼いたのと違う！　ふわっとさくっとしてる！　クリームもチーズクリームかと思いましたけど、これ違う。リコッタチーズ！　なめらか！　あんずのシロップ漬けの甘さとちょうどいい感じです。

「一度の量が少ないんで回数を増やしているんです。美味いか」

「はい！」

「そっかー……」

　第四王子の眉がちょっと下がりましたけど、旦那様は知らんぷりだぞって前に言ってたので知らんぷりでいいのです。

　ナッツのほうはピスタチオって豆とカスタードクリームでした。こっちも美味しかった！

　王都に着く前の最後の休憩でお昼ごはんを食べた後、第四王子が真剣なお顔を私に向けました。お昼ごはんはゆうべ泊まった宿で包んでもらったベーコンと葉っぱのキッシュです。きのこも入っていて、ロドニーが焚火でさっとあたためてくれたからしっとりほこほこで美味しかった。焚火なのに燃やしちゃわないのはロドニーが上手だからだと思いま――あら？　ロドニーはまだ何か焼いて……あれは⁉

「ふ、夫人、聞いて？　ねえ聞いて？　うん、あれはマシュマロだねー」

「やはりマシュマロ」

「アビー、あれはスモアだ。すぐできるから座って待とうな」

「はい！」

ロドニーがマシュマロの刺さった串をくるくるしてます。あっあっ、茶色くなってきました！　燃えちゃう！

「軍の基地本部にある先輩の執務室で週に一度なら、今回引き上げてきたロングハーストの書類の整備を手伝ってもいいって先輩が言ってくれたんだ」

「妻が了承したら、の話です」

「うん、そのお願いをする時間を今もらえたの。で、夫人にこうしてお願いしようとしているわけだけど、マシュマロは焦げないからもうちょっと僕のお話も聞いてもらっていいかな」

「ロドニーはすごいので」

「そうだね。いい執事だと僕も思う」

にっこりしたロドニーと目が合いました。あっ！　串に刺したままのマシュマロを薄いビスケットで挟んだ！　挟んでぎゅって！

「殿下、妻はちゃんと聞いていますから話してくれて構いませんよ」

「屋敷では駄目なのですか」

「先輩が留守の屋敷に文官が押し掛けるのも、僕の執務室に夫人だけを頻繁に招くのも外聞があまりよくないからねぇ」

「がいぶん」

お隣の旦那様を見ると頷きが返ってきました。でも眉間にはぎゅっと深い皺があります。ロドニーがお皿に載せたスモアを、ことんとテーブルに置いてくれました。つついても熱くなかったので、ぎゅって押すとむにってビスケットの周りからマシュマロがはみ出ます。

「ぉぉ……」

「……どうした？」

旦那様の口元にスモアを持っていくと、きょとんとされました。あ、皺なくなった。ご機嫌悪いかと思いましたけど違ったみたいです。よかった。旦那様はスモアを半分に割って、あっ、にゅーって伸びた！　でもチーズほどじゃないです。すぐにふわっと千切れました。片方を口にしてから「よし、もう熱くないぞ」って、もう片方を食べさせてくれます。美味しい！　さくっとしてから、もにゅってしてとろってしてふわっとした！

「えっと、続けていいのかな……美味しい？」

「はい！　殿下もどうぞ！」

「う、うん。ありがとう。で、先輩の執務室でね、文官に引継ぎをしてもらうというか、資料の読み解き方を教えてあげて欲しいんだ。勿論先輩はずっと同席してもらうし、夫人の体調を最優先するよ」

　読み解き方というのは何の話かわかりませんが、これはお仕事の話なんだと思います。でも。

「お仕事……私は子爵夫人のお仕事があるので忙しいです」

「う、うん。でも……参考までに聞いても？」

「まず旦那様と朝ごはんを食べて、いってらっしゃいませをして、イーサンのお手伝いをします」

　女主人ですから帳簿とか見ます。

　ロングハーストの報告書はだいぶ間違えてることが多かったけど、イーサンは計算も得意ですから間違ってたことはありません。でも間違ってないですってするのが大事なのだとイーサンが言ったからそれでいいのです。

「なるほど」

「それからお庭をお散歩して、お爺にクッキーもらって」

「んん？」

「厨房でお昼ごはんつくってるところを見ます」

「見るんだ」

「はい。女主人なので。そしてお昼ごはんが終わったら、図書室で本を読んでお昼寝して、お散歩して、おやつを食べて、厨房で夜ごはんの下ごしらえをしてるところを見ます。それから」

「妻が多忙なのはおわかりいただけたかと思いますので「待って待って先輩ちょっと無理がないかな」」

　旦那様がスモアをもうひとつ半分にして口にいれてくださいました。一口では食べられないのでそのまま受け取って齧ります。美味しい。指先に力を入れると、またむにってしました。スモアひとつでビスケットが二枚分もあるから、これでデザートはおしまいです。

口の中がもこもこしますけど、甘いのがなくなるまでお茶は飲みません。

「夫人、勿論タダじゃない。しっかりと報酬は払うけど、それとは別に夫人が欲しいものはあるかい」

「ご褒美ですか」

「――アビー!?」

「殿下のご褒美はいらないです。旦那様のご褒美があるので」

第四王子はどっかがかゆそうな顔をして、旦那様はなぜか驚いた後にほっと息をつきました。

お茶を一口飲んでそういえばと思い出します。チーズタルトをお城で食べたときに気がついたことです。美味しいチーズは美味しいミルクからできていて、美味しいミルクはすごい牛からできる!

「やっぱりいります。お城のすごい牛がいいです」

「え。なんで牛がいること前提なんだろう」

ほっぺの美味しい牛かミルクが美味しい牛か迷いましたけど、第四王子は城で使ってる食材を分けてくれるというのでそれにしました。

ほっぺと！　ミルクが！　両方！　やりました！

◆◆◆

結局アビゲイルは週に一度だけ軍にある俺の執務室で、ロングハーストの資料解読をドミニク殿下の部下に教えることになった。

解読といっても暗号で書かれているとかでは勿論ない。それは体裁も整っておらず要領も得ない殴り書きのような各地からの報告書から、何がどうしてこの結論になったんだという指示に至るまでの解説という形になるだろう。

確かに時間をかければ、アビゲイルなしでも因果を理解し説明がつけられるに違いない。それくらいには優秀な人材を城は揃えているはずだ。

『待って待って、ここはこの報告書の数字が入るところでしょう。なんでこうなるの』

『それ計算間違ってますから、正しいのを書いたのです』

『間違ってたなら元の数字も修正しよう⁉』

ロングハーストで繰り返されたこんなやりとりは、成果を最短であげる一番効率的な方法はアビゲイルが一通り解説することだと、ドミニク殿下に気づかせてしまった。

どこの領でも地方すべてに文官を配置できるわけじゃない。村が小さければ小さいほど読み書き計算ができる人材はいなくなる。上がってくる報告書や帳簿が間違っていることなど多々あるし、それを見越して精査修正していく人材をおいているのが普通だ。ロングハーストにも補佐が数人いて、彼らもそれぞれ部下を何人も抱えていたはず。本来であれば、領主館に保存されている資料や帳簿は修正済みでなくてはならない。そうしてあげられた点の情報は結び付けられ線となって結論へと導かれるものだ。でなければ領主が判断などできないのだから。なのに、各地の資料ってここにあるだけかな？　とドミニク殿下に招かれた執務室で。大きさも揃っていなければ通し番号すら振られていない紙が散らばる床の中心に立ったアビゲイルは、それらをぐるりと一度見回して、どれがどの村で何年に収穫された何の作物の出来高なのかを指差し示した。

優秀なのは知っていた。記憶力の高さや計算の速さにイーサンが驚いて報告してきていたし、実際今では俺の仕事だって手伝ってもらうことがある。本人も喜ぶしな。

ただ身びいきではないが、イーサンだけでなくロドニーだって不備のある書類なんぞ俺たちに上げてこない。間違っているものをそのまま修正することなく、脳内だけで次々正解をはじき出す場面が登場する余地などなかったのだ。

こんな一瞬で有能さを見せつけるなんて思わないだろおおおお！

『ねえ、先輩、僕は王族だけど臣籍に降っちゃえばただの一貴族になるんだよ。父上の気持ちを無下にしたくないけど、この地はいらない。だけどそれは尻尾を巻いて逃げ出す形では駄目なんだよね。王領としてせめて可もなく不可もなくくらいまで引き上げてからじゃないと』
『……そうですね』
『先輩の言う通り、城には有能な人材が揃っている。僕の部下だってかなりのものだし。ただ卓越した事務処理能力があるだけの夫人のことを、僕はわざわざ陛下に報告したりしないよ？　だから一貴族同士、助け合お？　ね？』

ドミニク殿下とは王都への城門で馬車に乗ったまま別れ、俺たちは無事イーサンが出迎える我が家へたどり着いた。

　にこやかな家令の視線が馬車や荷車の数を数えていたから、牛はいないぞの思いをこめて頷いて見せる。牛はな。

「これはっ泥蝸牛《マッドコクリア》の帽子でっ、これはぴかぴかのきのこです！　干してもぴかぴかですよ！　それでっこっちが蛇の抜け殻で、いい毛が生えててっ」

「は、はい」

「これはつるつるで握り心地のいい石でっ、あっ、でも泥蝸牛の角も握りやすくてっ、こっちの種は振るといい音がして！　どれが好きですか！　イーサン！　泥蝸牛の帽子もかぶったらっ、もわーんって音しますし！」

「こんなに……好きなの……」

いそいそとロドニーに持たせていた袋からひとつずつ土産をとりだしてローテーブルに並べていくアビゲイルに、イーサンの目が泳ぐ。

ロドニーは壁にはりついて同化しようとしてるし俺もわき腹が痛い。

「どれが好きですか！　イーサン！　泥蝸牛の帽子ですか！」

「――さすが奥様。この艶といい造形といい、まさにこのイーサン好み、の帽、子です」

達成感にあふれた顔で【やりました！】と俺を見上げる小鳥のつむじを、指の震えを抑えつつ撫でる。

「きっとイーサンにぴったりだと思ってたのです！」

「くふぅっ」

タバサの方から鼻を抜ける息が聞こえた。

イーサンから不在中の報告を受けながら、この視察旅行のせいで溜まった書類に目を通していく。

ロングハーストでとっちらかった報告書の体もなしていないものを眺めた後だけに、その要点が簡潔にまとめられた書類と報告のありがたさが余計に感じられるというものだ。

系統立てるどころか年ごとにすらなっていないとドミニク殿下はわめいていたが、そもそもアビゲイルにそんな必要はなかった。

たった一人でこなすものであれば、他者にもわかるようにつくる意味などない。

「なるほど。では第四王子殿下は奥様の天恵《ギフト》にはっきり気づいているわけではないのですね？」

「明確にするつもりはないという取引、だな」

「彼の方は浮ついた評判も多くありますが、そのお立場を有効に使われる如才なさがございます。取引としては上等ではないでしょうか。お言葉通りに主様のことを好ましく思われている故かと」

「……イーサンが言うならそうなのかも、なっ……ふっ」

「——主様」

「いや、ほ、ほんとに、ぴったり、だな」

アビゲイルがかぶると前が見えないくらいだった泥蝸牛の頭蓋骨は、イーサンの頭には測ったようにフィットしていた。何の我慢比べだこれ。

◆◆◆

今日は軍の施設で二回目のお仕事です。

初めてのときは、第四王子が文官を二人連れて来て紹介してくれました。今日は第四王子いませんけど、すごい牛のミルクは屋敷に届いたからいいです。

旦那様の執務室にあるソファのところで私と文官たちはお仕事をして、旦那様とロドニーは隣り合った執務机で軍のお仕事をしています。鍛錬をもっとずっとしてると思ってましたのに、そうでもなかった。

「夫人、この村ではトマトを育てていることになっているのですが……」

「おいもの間違いです」

「……なるほど、あー、それでここにこれが」

文官たちは今日まで作業した中でどうしてもわからなかったとことかをリストにしてきてますので、それをひとつひとつ説明していきます。見込みを立てるためには過去を知ることが大切なのだそうです。翌年何をどれだけ育てるかの指針になると言っていました。

確かにそんな本も読んだことがあります。だけどロングハーストでは気にしなくても植えたら育ってたので、あれは物語なのかもしれないと、お爺に教えられるまでは思ってたのです。違った。よその人間は色々してた。きっとお爺みたいな人間も城にはいるに違いありません。お庭もご立派でしたし。

でもちょうど今頃はロングハーストで大雨が続いています。収穫前の作物も苗を植えたばかりの畑の土も、全部流れてしまうでしょう。

これはお爺じゃないとどうにかするのは無理だと思うのですが、旦那様がそれは黙っておくようにって言ってました。だから、ぽろっと言っちゃわないようにしなくてはいけません。

　振り向いたら旦那様と目が合いました。頷いて見せたら頷いてもらえます。大丈夫です。

「――不思議なほどに収穫量が落ちない地域だと噂に聞いてはいましたが、これほど同じ作物を何年も続けざまに作付けしてなおとは」

　男性のほうの文官が、何枚も並べた紙を横切って指でなぞりながら首を傾げます。私からは逆さまに見えるその表の、指がなぞったところはおいもと小麦でした。

「おいもは好きです」

「え、あ、えぇ？　お、美味しいです、よね」

「はい。だからいっぱいがい「アビー、おいで」はい！」

　私たちがいる応接セットと旦那様たちの執務机は少し離れています。旦那様たちのお仕事は機密というほどでもないけど、迂闊に見せるものでもないからって。

　ソファを回り込んで旦那様のそばに行くと、口の広いガラス瓶の中から取り出した虹色の飴を口にいれてくださいました。知ってます。これは私の好きな飴。大きめだけど口の中で転がしてるうちに外側が薄くなってきて、くしゅって崩れるととろとろのシロップが出てくるのです。

　ころころと口の中で飴を転がしていると旦那様に手を引かれたので、そのままお隣の椅子に腰かけました。今おしゃべりしたらよだれがこぼれちゃうかもしれませんし。

この椅子は私専用に用意してくれました。万年筆でさらさらと書き物をする旦那様のお邪魔にならないように覗き込める高さがあるので、座ると足が床に届かなくなります。

「一息いれてくださいねー」

「あ、いえ、自分は「どうぞー」……ありがとうございます」

ロドニーが私と文官二人にお茶をいれてくれました。男性の方はお断りしようとしたみたいですけど、ロドニーのお茶は美味しいからもらったほうがいいです。女性の方の文官はぎゅっと肩を縮こまらせて、ちらちらと旦那様を見てはうつむいてを繰り返しています。飴が欲しいのでしょうか……でもこれは私のだから……。


旦那様とロドニーは休憩をしないみたいで、旦那様の執務机にある書類箱の中身がなくなると、ロドニーが一束追加します。私もお手伝いしたい。軍のお仕事はどんな教本を読んだらわかるようになるのでしょう。壁一面に据えられた本棚にはみっちり詰まった背表紙が並んでいます。装丁のぴかぴかしたものが私は好きなのですけど、あまりそういうのはないようでした。

「進み具合はいかがですー？　前回持ち込んだものより随分整理されてきてるようですけど、かなりスケジュール詰めたんじゃないですかー？」

ロドニーが新たな束の端をとんとんしながら声をかけると、男性文官がお茶を一口飲み下して答えました。

「あ、はい。恥ずかしながら前回の打ち合わせの後でドミニク殿下に軽くお叱りを受けまして……担当を増員して洗い出しと整理を進めましたから。今も城で作業を続けておりますし」

「あ、あと、に、二回ほどお時間を、い、いいただけれ、ば、追いつける、かと」

どもりながら女性文官が言葉を続けました。満足気な頷きを二人に返したロドニーが偉そうです。旦那様ほどじゃないですけど、ロドニーもつよいですからね。私も頷いておきました。私もつよいので。あ。飴がくしゅってなった。美味しい！　これは新しい味です。オレンジ！

サイドキャビネットの上に置いてもらったお茶の熱さがちょうどよい感じになったので口に含むと、オレンジの爽やかな香りがお茶に馴染みました。いつもは美味しい味が消えるのを待ってから飲んでたのですけど、こうして飲むと美味しいのが増えるって私は気がついたのです。昨日。

「ノ、ノエル様の遠征、までには、し、しっかり終えられる予定、ですの……ひぇっ」

旦那様の舌打ちに文官は小さな悲鳴をあげました。


……えんせい？


旦那様は軍の偉い人ですし、数日のお泊りがあるお仕事だってあります。遠征とは多分そのお仕事のことでしょう。

屋敷の留守を預かるのも妻のお仕事ですよってタバサが言ってましたから、そういう夜はイーサンが鍵をかけて回るのをお手伝いします。ちゃんとできますのに、旦那様は「あー」と額に片手をあてながら、そっぽを向いてしまいました。

「えーっとだな」

「私お留守番できます」

「お、おう。そうだよな。うん。去年もできてたし、うん………ひと月ほどなんだが」

「ひとつき」

去年……そういえばノエル邸に来てしばらくした頃に、そんなことがあったと思います。旦那様とロドニーがいなかった。

聞けば、毎年この時期には南の国境線近くで同盟国との合同演習があるとのことで、なんだか色々あるからとても大事な行事なのだそうです。お茶をもう一口飲もうとしたら空っぽでした。

「アビー?」

旦那様が少し眉を下げながら、カップを見つめる私の顔を覗き込みます。

「お留守番できます。妻なので」

「あー、うん、さすが俺の頼もしい妻だ。帰ってからちゃんと話そうな。おいで」

お膝に乗せてくれたので、手の匂いを嗅がせてもらいました。いい匂い。

「わわわわたしなにか余計なことを」

「ああ、そろそろ伝えなきゃいけないことではあったからかまわん」

女性文官はカップとソーサーの音をかちゃかちゃと立てながら、隣の文官やロドニーを順番にちらちら見ています。

旦那様がもう片方の手でうなじのあたりの髪を撫でてくれるので気持ちよくなってきました。

ちょっとお胸のあたりがすぅすぅしたのですけど、気のせいだったのだと思います。

「そそその、ふ、夫人は何を」

「君、委縮してると見せかけて意外にぐいっと聞くな」

「すみませんすみません！　そ、そのノエル様の、ふ、雰囲気が、いい以前と随分、変わって、て」

　旦那様が、ん？　と顔を上げる気配がしました。撫でる手も止まってしまったので、私の頭のほうを動かしましたら、お、おうって撫でるのが再開されました。そうですそれです。それでいいのです。

「前回が初対面だと思ったが」

「あっ、い、いえ、ご挨拶し、したのは、そう、前回がはははははは」

「落ち着いてくださいねー。ほら、主、魔法学校の一学年下にいらっしゃいましたよ。リックマン男爵令嬢です。ねー？」

「はははいいい、えっ、おおおおおぼえ」

「主と同時期に在籍している貴族家のことを一通り調べておくのは従者の基本ですから」

「ロドニーはすごいのです」

「え、えー……？」

「リックマン、高位貴族の従者は下位のそれとは違うのですよ」

　男性文官に窘めるようにそう言われて、女性文官は、はぁ、と抜けるような息を吐きました。

「それにドリューウェットに仕える者は総じて有能だと聞きますしね」

「おそれいります」

ロドニーがおすましです。なんといってもドリューウェットはお城ですし、タバサもイーサンもすごいですから。褒められたらおそれいりますって私も今度使おうと思います。

男性文官は片眉を上げて女性文官を一瞥し、軽く頭を振りました。

「リックマンはこの通り挙動不審ですが、処理能力は高いのでお目こぼしいただければ助かります。緊張が抜ければもう少しましになりますので」

「予定通り進むのであればこちらは問題ない――なんだ？」

もっと縮こまった女性文官のほうへ、旦那様が視線を向けました。ので、さっきの飴の瓶をしまったと思われるあたりの引き出しに手を伸ばしてみると、その指が大きな手にきゅっと包み込まれます。駄目だった。

「いいいいえっなにっなにも！　その！　お、女嫌いが堕ちたって噂ど、どおりだと！」

「おんなぎらい」

「この奇行は緊張故か？」

「これは素です。申し訳ありません。黙れリックマン」

「は、はいぃいい」

ロドニーが私や文官たちのカップを片付けたので、またお仕事の続きをします。

お仕事は午前中だけの約束で、終わったら旦那様とお昼ごはんを食べるのです。ちゃんと料理長がお弁当を持たせてくれましたから。

ずらっとリストになった質問事項を男性文官が読み上げては、その資料に女性文官が私の答えを書き込んでいくのを繰り返します。字を書くのなかなか速い。私も速いですけど。

「この青銅蝗《ブロンズホッパー》とは」

「土の中に巣をつくる虫の魔物です。知りませんか。この村の辺りにはよくいます」

領の地図上の一点を指差してそう伝えると、男性文官は困惑顔で指先と私の顔を見比べます。

「いえ、青銅蝗は聞いたことがあります。ただ、虫の魔物を飼っていたと……？」

「虫の魔物は飼えません。……知らないですか」

何を言っているのでしょう。たまに人間になつく魔物もいますけど、虫の魔物はそんなに賢くない……もしやこれは言ったら駄目なやつ！　振り向くと旦那様が口を開くところでした。

「あの領では魔物の知識を独自に蓄えていたようだと殿下から聞いてないか」

「あー……これがそうですか。飼っていないとなると、共存、が近いのでしょうか。畑にいる青銅蝗を討伐しないんですよね？」

「畑をつくったところが青銅蝗の通り道だっただけです。通り道だと地面がもこもこになってちょうどいいですし」

お話ししても大丈夫みたいでした。

青銅蝗はその硬い頭をぐりぐりしながら地面の下を掘って進みます。時々ぴょこんと飛び出してはまた潜って地面は掘り返されていくのです。あれは人間を食べませんし、村の者では捕まえられないからやっつけてなかっただけです。

たまに討伐の要請状が届きましたけど、それは丸めて庭に埋めました。でも文官は、なるほどなるほどって納得してるみたいなので黙っておきましょう。

「ふ、夫人は」

声をあげた女性文官は目が合うと、慌てて手元の書類を見つめなおしてから言葉を続けます。

「の、ノエル様となななななな仲が良い、のですね?」

「はい！　旦那様は私をあいしてるっていつも言ってますので！」

ばさばさばさっと紙の落ちる音が後ろからしました。

◆◆◆

夫婦円満であることを周知させていく方針は変わらないし、なんなら先ほどだってアビゲイルを膝に乗せていたわけだけれど、直球過ぎる暴露に取り乱した。

ばらまいてしまった書類を拾うロドニーの指が震えている。

「あ！　私も！　私も拾います！」

「い、いや、いいから続けてなさい」

張り切って駆け寄ろうとしたアビゲイルを手で制して、ロドニーの隣にしゃがみこんだ。耳があっついんだが！

　執務机の陰で同じくしゃがみこんで額を突き合わせるロドニーの気配がうるさい。くっそ。

「でで殿下も城勤めを、すす、勧められたそうで。ここれだけ優秀なのに、興味ありませんで、したか。あ、ここのめ、面積はどどちらが」

「お城より旦那様のご褒美の方がいいです。これは両方違ってて、こっちがこれでそっちはあっちです」

「あ、あー。ここれがー。ご、ご褒美、なな仲が、良い、から」

「いつも美味しいお土産があるので、お帰りなさいをしたいですし」

「美味しい、しし城の食堂も美味しいでですが。これ、こここの村の名前が地図にな、なくて」

「ここです。旦那様のお土産は特別なので」

　妙なテンポで噛み合ってるらしい会話に、顔を上げられなくなった。変な汗出てきたぞおい。ロドニーはしれっと自分の机に戻りやがるし。

「の、ノエル様はまま魔法学校の頃は、おかわ、お可愛らしい見た目でつれないところがいいとにに人気ででしたし」

「待て待て待て何を言い――ッ」

「おかわいらしいだんなさま」

　何を言い出すのかと立ち上がった勢いのまま強かに腰を椅子にぶつけた。ロドニー！　あー……じゃない！　あーじゃ！

机越しに顔を出すと、同じようにソファの背もたれに顎を乗せたアビゲイルがじっとこちらを見ていた。これ真剣に考え込んでる顔だな。だよなー。可愛いはまだ難しいんだもんな。納得いかないよな。俺だってそうだ。

「……おかわいらしい」

ぽつりとつぶやいたアビゲイルの声に、ロドニーの喉で何かが爆発したような音がした。

可愛いだのなんだのはおいておくとして、確かに俺の背が伸び始めたのは遅かった。それでも目立って小柄だったわけじゃない。ただ周囲に大柄なやつがたまたま多く、並ぶと細身に見えていたらしいってだけだ。

「――っ、主の背が伸びたり筋肉がつき始めたのって、十七歳前後でしたかねー。それまではちょっと中性的な感じが受けてたらしいですよ」

「じゅうななさい」

「そそそうでした。どど同級生はそう、言ってました。はい。はい、い、意外性とかそういうの、らしい、ので今も、なのかと」

「リックマン嬢はそう思ってなかったんですかー?」

「わわわたしですか!?　そそそんなおそろしい！」

「ほんとに恐ろしがってるんですかそれ」

「意外……旦那様はいつもにっこりで優しいです」

「なななるほどそそれが意外で――ひゃっ」

リックマンの隣の文官――マグレガーが、リックマンの脇に肘打ちをした。

止めるの遅くないか。文官だからか。俺の部下ならとっくに壁際まで飛んでるぞ。

文官たちは昼食の前に引き上げていった。元々午前中だけの取り決めだ。

「義母上が送ってくれたスモークサーモン！」

ロドニーが半分に切ったベーグルサンドで興奮しているアビゲイルを横目に、マグレガーが帰り際に置いて行った手紙の封を切る。封蝋に印璽は捺されていないがドミニク殿下からのものだ。うん。クリームチーズとスモークサーモンは合うよな。可愛いぞ。

アビゲイルの天恵を追求しないとしても、あの地の異常さを目の当たりにしたからには情報をかき集められるだけかき集めなければならない。見つけたものは内密に流してくれることになっていた。

「旦那様。もちっとしてしゃきっとしてもちもちっとしてます」

「美味いか」

「はい！　旦那様もどうぞ！」

視察前に調べた禁書庫の奥深くで眠っていた資料には、あの土地に関わるなとだけあったという。手紙には帰ってきてからまた調べたのであろう情報が記されていた。

禁書庫にあるものなのだから大っぴらに伝えられるはずもなく、こうして文官の訪問に紛れ込ませてきたというわけだ。

ざっと流し読めば、二百年ほど前にロングハースト領の隣、森にもわずかに接しているごく小さな公国を王家が取り込んだ経緯だった。

干ばつに大雨、地滑りと天災が続き、大公をはじめとした上位貴族が次々と逃げ出して治める者がいなくなった土地は、今では可もなく不可もなく旨味など全くないものだ。それとも王家によってそこまで持ち直したとみるべきか。

俺たちが向こうを発ってから降り始めた雨は今なお止むことがなく、川の氾濫に飲み込まれた田畑も出たとの報告を伝令鳥が運んできたらしい。ここへの文官の派遣を予定より早く切り詰めたのは、そちらへの対応に人員を割くためでもある。

あの領は岩山に囲まれた森の辺りを高地として端に行くほど低く広がっている。

肥沃な土も何もかも領民ごと流れてしまえばいいと思うが、今となっては王家の直轄領だ。元公国だった地と同じようなところまでは持ち直すかもしれない。ただそれには長い月日がかかるだろう。

アビゲイルを狙う残党が、こちらへ手を伸ばす余裕もないほどに苦しめばいいんだが。

昼休みが終わる頃、うちの護衛たちが時間通り迎えに来たとの知らせを受けてエントランスへ向かう。

執務室の隣にある仮眠室で昼寝をさせてやりたいところだけれど、生憎これから定例会議がある。

隣に寄り添って廊下を歩く赤髪は、窓から差し込む陽光で輝き楽し気に揺れていて、すれ違う部下や職員の目を惹いていた。

ほんと表に出したくないし、というかもう一緒に帰りたい。

すましながらも妙に袖口を引っ張ったり腕を伸ばしてみたりしていたアビゲイルが、口元を引き締めつつ期待を含ませた金の瞳で見上げてきた。

「旦那様。私は服を買わなくてはいけません」

「お、おう？　珍しいな。仕立て屋を呼ぶか？」

「はい。私も十七歳ですし、もっと大きくなりますから」

「んんん？」

「にんげんはまだ大きくなれる……」

「あー、うん。大きい服は大きくなってからにしようか」

可愛いよなー！　多分もう身長は伸びないと思うけど言えないよなー！

4 とてもめがいいからさがしものだってとくいです

鋳物で装飾された両開きの大きな扉は、朝来たときと同じに開きっぱなしでした。旦那様の制服よりずっと簡素なものを着た兵士が扉の左右両端に立っていて、通り過ぎる旦那様にぴっと敬礼をします。目の前にはお迎えの馬車。護衛たちは馬に乗ったままで、従僕がステップをもう用意して待ってくれていました。

旦那様の手をお借りして、ステップに一歩足を乗せます。一人でできますけど、これはお手伝いしてもらうのが正しいってタバサに習いましたし。一段乗っても旦那様のお顔はまだ高いところにあります。おそらくそろそろ私も同じくらいまで大きくなるはず。十七歳ですので。

旦那様はちょっとかがんでほっぺに口づけをくださいました。

「いつも通りの時間に帰るからな」

きらきらした青い瞳が、春の陽射しを受けた泉のようにゆらゆら柔らかく揺れます。きらきらしてるから、お可愛らしいってきっとこれのこと。ならばわかりますけど、それなら今だって可愛いなのに。

そう考えていると、旦那様が少し嫌そうに口の端を下げました。

「……アビー、俺は大人の男だから可愛くない」

「えっ」

「やっぱりか。それよりお返しは？」

「そうでした！」

　お返しのための背伸びをすると、旦那様もまた少しかがみます。

　行ってらっしゃいませと行ってきますの口づけなのですが、今は私が行ってきますでいいのでしょうか。

　跳ねたくなるのは同じなのでどっちでもいいのですけども。

　いつも通りに旦那様が私の額にお返しのお返しをしてくれたとき、少し離れたところからはずんだ声がかかりました。

「ジェラルドじゃない！　久しぶりね！」

　ジェラルドって呼び捨てです。でも義母上とは全然違う声。

　私の前髪を直す手がぴたっと止まりました。こちらに駆け寄ってくる足音の方向を覗こうとしましたけども、旦那様が素早く立ちふさがったので大きな背中しか見えません。

「ちょうどよかった！　これからあなたの部屋に行こうと思ってたの」

「――ハイドン。何故王都にいる」

　旦那様の声がものすごく低い！

　とても怒ってる声な気がします。ロングハースト視察のときに、変な人が来たら旦那様の背中にしゅっと隠れるようにと言われました。もしやこれは今がそのとき！

「やだ。ジェラルドったら相変わらずね。せっかく四年ぶりに地方から帰ってきたっていうのにお帰りの言葉もないわけ？」

　はきはきとした元気な声に続いて旦那様の腕に触れようとする細い指が見えましたけど、旦那様はそれをすかさず叩き落します。ぱあんって鳴ったのに、ひどぉいって声は楽しそう。変な人であってる気がします。

　そそそっと寄ってきたロドニーの顔がものすごくおすましです。口をあまり動かさないで「奥様、馬車へ」と囁きました。え。でも私は旦那様の背中に隠れてないといけないのでは。

「名を呼ぶなと何度も言っている」

「もう！　同期でそんなこと言う人なんていないってば」

「むぐ」

「少佐だ。役職が上の者への態度じゃない。わきまえろ」

　旦那様が後ろ手に私の腰を引き寄せるので、顔が背中にぶつかりました。ロドニーがその手をぺちんと軽く叩いて、私を馬車へ乗せようとします。どっちに行けばいいのですか。

「……ちょっと、何隠してるの」

　こちらを覗き込む気配がしたので、しゅっとずれてみました。隠れるって約束したので。旦那様も背中で私を巻き込むように、変な人と私の間に身体を割り入れます。

「……まさか結婚したって噂、本当だったりする？」

　見えちゃってた！　すごく早く隠れましたのに！

旦那様はおっきな舌打ちをしてため息をつきました。

それからいつものようにひょいと私を両脇から持ち上げて馬車の戸口に立たせてくれます。こうすると私は旦那様より背が高くなるのです。変な人も見下ろせました。旦那様よりちっちゃ──お胸おっきい！　軍服の胸元を寛げてるのですが、シャツのボタンがぱっつぱつです！　新しい服を買ってもらえないのでしょうか。

高い位置でひとつにくくられた、桃色にも見える茶色がかった金髪は毛先がくるんくるん。

ぱちりと視線の合った瞳はくすんだ暗い赤で、揺らぐと鮮やかに明るい赤が差します。

なかなかの魔力量ですが義父上ほどでもありません。そして。それから。

「妻のアビゲイルだ。アビー、あれはウェンディ・ハイドン。ハイドン伯爵家の三女だが、ここではただの少尉だ。君が関わる必要はないからな」

「ひどい！　仲良くしましょうよ。ね？」

ウェンディ・ハイドン。

ウェンディは、ほんの一瞬だけびきっとした口を大きく開けて笑顔をつくりました。

おすましのにっこり《アルカイックスマイル》とはまた違うつくりかたの笑顔です。

多分タバサにお願いしたら私も教えてもらえるはず。でも今はできないので、習った通りにちゃんとご挨拶します。旦那様のごつごつした長い指をきゅっと握ったら、馬車の奥へと軽く押す手を止めて小さく首を傾げられました。

「アビー？」

「ノエル子爵が妻、アビゲイル・ノエルです。ハイドン伯爵令嬢、どうぞよしなに」

お行儀よく指をそろえてお胸の真ん中に軽く当て、おすましのにっこりをします。

奥様とってもお上手ですよってタバサが褒めてくれたにっこりなのに、ウェンディはびっくりしたみたいに目を見開いてから、ぷっと小さく吹き出しました。

「やだ。かしこまらないで。とっても可愛らしいのね」

ちゃんと貴族のご挨拶できましたのに、ウェンディはお返しのご挨拶をしません。ご挨拶、苦手なのでしょうか。

「……この通り、何を言ってもわきまえることを知らん人間だ。アビー、これには君が礼を払う価値がない。さあ、もうお帰り」

「タバサみたいに優しく教えてくれる人がいないのかもしれません。ならば仕方がないことです」

「――っ、そ、そうだな。俺の妻は実に寛容だ」

ロドニーと旦那様は同時に斜め下を見つめて震えました。でもそんなことはいいのです。

「ウェンディはおいも好きですか。今度一緒においも食べますか」

「はぁ？」


このにんげんは、魔王に初めておいもをくれたちっちゃいにんげんです！

◆◆◆

ロドニーとともに魔法学校に入学したのが十三の年だ。

その頃はまだロドニーより背も低く、筋肉がつきづらいせいで細身に見えていたのだと思う。

「ジェ、っと、主は肩幅もあるし手も足も大きいからそのうちでかくなるって父さんが言ってましたよ」

「お前そんな無理して呼び方変えなくていいんじゃないのか。今二人だけなんだし」

「駄目でーす。今のうちに癖になっておかないと。オレを雇ってもらわなきゃなんだからー」

「それは別に当たり前なことだろ。ロドニーより優秀な奴なんていないない」

「……ほんともうそういうとこー」

魔法学校に限らないが、高位貴族令息が常に従者をそばにおいているのは当然のことだ。だけど、俺は一般入学ではなく特別試験が必要な選抜コースに通っていた。

優秀者だけが所属できるそこに、主人と一緒に学生として通える者は少ない。ロドニーはコフィ家の従者教育も受けながらだというのに、教育に金と時間をかけられる裕福な貴族子息をきっちり押しのけてついてきてくれていた。

「うん、ドリューウェット侯爵家が断れない茶会の招待状はなし！　断りの返事を出しときますねー」

「ん」

「まあ、一応聞いときますけど？　もしハイドン嬢が茶会の招待状送ってきたら顔出します？」

「いやだ」

「ですよねー」

別に同じ学生の間は従者をしなくてもいいと言ってはいるんだが、ロドニーは律義に招待状の束を仕分けていた。

仕分けといっても断れない家のほうが少ないし、それだって三回に一回は何かと理由をつけては欠席している。というか茶会しすぎだろう。いつ勉強してるんだ。

早いうちから婚約者を決めるのは高位貴族の嫡子くらいのもので、俺もそうだが次男以下が婚約をするのは大体十六、七歳を過ぎた頃になるのが普通だ。だから男女問わずに魔法学校でより良い相手を自力で獲得しようとするらしい。

ロドニーによれば俺は優良物件なんだそうで、入学してからこちらひっきりなしに茶会の招待状が来ていた。次男とはいえ、父がいくつかもつ爵位のうちのひとつを継ぐことになるだろうからだ。

それが本当に優良なのかどうかは知らんが、もしそうだとしてなぜ研鑽のひとつもしないで優良物件とやらを手に入れられると思うんだかさっぱりわからん。勉強しろ。授業のある期間だぞ。社交の訓練なら長期休みにでもやれ。励め。

ハイドンも選抜コースに在籍はしていたけれど、さして成績は良くなかったと思う。けれど自分が特別な存在でもあるかのような振る舞いをしていたし、それを咎める者もいなかった。何故かは知らん。興味もない。ひょっとしたら治癒魔法の素養があるからかもしれないが、それだってまだ素養でしかない。治癒魔法の使い手は確かに少ないが、特別な存在とか言えるほどじゃない。

「……気さくで明るく誰にでも公平に接すると評判ですけどねー」

「不躾で馴れ馴れしいだけだろ。なのになんで俺と親しいことになってるんだ。あれが行く先々に何故かいるのも意味がわからない。べたべた触るんだぞ。鳥肌が立つ」

「あ」

かんっと鳴った音に、ロドニーと一緒に窓を開けて下を覗き込む。

「ねー！　そろそろ夕食行きましょー！」

わざとらしいほど清々しくにっかりと笑うハイドンが、小石を手で遊ばせながら寮の裏庭から見上げていた。窓を叩きつけて閉める。

「不躾で馴れ馴れしいだけだろ！　なのになんで俺と親しいことになってるんだ！　あれが行く先々に何故かいるのも！　意味がわからない！　べたべた触るんだぞ！　鳥肌が立つ！」

「わー、きれいになかったことにしたー」

気色が悪いだけで実害はない。

女性相手に手荒いこともできないまま、ほぼ放置するくらいしかなく。

『もー、ジェラルドったらその気がないならそう言わなきゃ！』

断れなかった茶会では何故か揉め始めた令嬢同士の間に割り込んで、まるで俺の保護者のような口をきく。その気ってなんだ。

『ああ、ジェラルドはねぇ、あんまり女に興味がないみたいよ。ほら、私はそういうんじゃないから』

などと周囲に囁いてるのを知った時にはめまいがした。生まれて初めてのめまいだ。なにがそういうのだ。

一年早く魔法学校を卒業してやっと解放されると思ったら士官学校や軍にまでついてきて、似たようなことを繰り返す。あれは回復や支援専門の後方部隊なのに、どうしてどこにでも現れたのかいまだにわからない。俺はそれなりに成果をあげていたし、将軍が同情してくれたおかげで規律の乱れを理由にハイドンは地方へ飛ばされた。

それが四年前だ。

「向こうじゃなんとか人並みにやってたって話で、さすがに四年もたてば正気になっただろうってことらしいです。一応彼女も伯爵家の人間ですし……」

「俺はあれの正気の状態を知らんぞ」

「主が絡んだ時は特に飛び抜けてましたからね……」

アビゲイルを送り出してからハイドンを振り切って会議に向かい、その間にロドニーがさらっと調べてきたことを屋敷への帰り道で聞いた。

「お帰りなさいませ旦那様！」

胸に飛び込んできたアビゲイルを受け止め、つむじに頬ずりをして、やっと肩の強張りがほどけた。あー、可愛い……。

「旦那様旦那様！　次のお仕事のとき！　おいもを持って行っていいですか！」

「あー、うん、すまん。それより先にな、芋？　いや、ちょっと待ってくれ。――もう少しこのまま」

「はい！」

芋は好きでも嫌いでもないというハイドンから、昼はなんとか引き離したけれど。

芋かー。これちゃんと最初から順序良く聞き出さないとならんだろうなぁ。

「旦那様これはにんじんでできたケーキです！　にんじんなのににんじんより甘いですよ！　それで！　上にかかってるのはチーズクリームです。お城からきたミルクでチーズクリームつくってそれからクリームチーズにしました！　料理長が！」

「うんうん。多分逆だなーそれなー」

「えっ」

「クリームチーズからチーズクリームだろ」

「そうでした！」

　聞き出せないまま食後のキャロットケーキをつつくアビゲイルを見つめている。

　鼻息荒いな。そうか。昼寝のあとはずっと厨房にいたか。城のミルクが気になったんだな。実は前からうちも同じ牧場から仕入れてたんだが、誰もそれを教えないのは可愛いからに他ならない。

　本当になんでこんなに城補正がかかるんだろう……。

◆◆◆

　魔王に焼いたおいもを初めてくれたちっちゃい人間は、あんまり魔力は多くなくって、いえ、それでも他の村人よりは多かったと思います。だけど魔法を使うことはできなくて力もなくて弱かった。できることが少ないから、村人のお手伝いをしたらもらえるというおいもも少なくて。でもそれを魔王に分けてくれたのです。

　最初は、投げてよこしてそのまま走って行っちゃったのですけど、次は遠くからじっと魔王を見てて、ちょっとずつ近寄ってくるようになって、そのうち横に並んで一緒に食べるようになりました。

「だから魔王も森の奥からとってきた桑の実とかきのことか、あと襲ってきたから半分食べた蛇とか分けてあげたんですけど、そしたらちっちゃい人間は蛇を焼いてくれたのです！　焚火上手でした！　ちっちゃいのに！」

「あー、魔王は焚火下手だったんだっけか」

「魔王がするとちょっと火が大きくなりすぎますので！」

湯あみも終えて、旦那様が私の髪を魔法で乾かしながら櫛で梳いてくれています。

最近はタバサがタオルで乾かしてくれるのではなく、旦那様がこうして乾かしてくれるのです。あたたかい風をちょうどよく出せるようになったからなって。

いつのまに練習してたのでしょう。主はそういう細かい技が昔から得意なんですよってロドニーが教えてくれました。コップのお水だってひんやりさせてくれます。

私も人間の魔法をいくつか教えてもらってできるようになってるのですけど、三回に二回くらいはコップを割ってしまうので旦那様にお任せです。旦那様がしてくれたお水の方が美味しいですし。

口に含むとひやっとして気持ちがいい。

「……そのちっちゃい人間？　とは、仲が良かったんだよな？」

「多分そうです。おいもくれましたから優しい人間です」

「うーん。それでそのちっちゃい人間が、えーと、魔王の頃だろ？　随分前なんだよな？　どのくらい前のことかわかるか？」

「どのくらい……魔王が死んでからはなんだかふわふわしてたので数えてないです。でも多分百回か三百回くらい春が来てたと思います」

「幅広いなー」

「ふわふわだったので」

時々春と春の間がすごく短かった気がすることもありましたし。

旦那様は私を膝に乗せて、今度は櫛ではなく指で髪を梳いてはくるくるしはじめました。それからつむじに顎をのせて、ふうって息をつきます。

「ハイドンがその大昔に芋をくれた人間だったってのは、その、どうしてわかるかとか」

「……わかりませんか」

「だよなー。うん。俺にはというか大体わからんかな。姿形が同じなのか？」

「すがたかたち……ちっちゃい人間は男でした。なんか魂が同じなんですけど……魔王も私も目がいいから」

どうやら旦那様にはわからないみたいです。ちっちゃい人間のことを旦那様は見たことないですし仕方ありません。

「あー……えっとなー、俺にはわからんがハイドンがその人間だったとして、だ。多分、その頃のことをもう覚えてない、んじゃないかな、と」

「もしや人間は生まれる前を覚えてないですか」

「うん。もしかしたら覚えている人間もいるかもわからんが、あんまりいないだろう……ハイドンが魔王を覚えていなくても、やっぱり芋をあげたいか？」

背後から覗き込んできた旦那様の眉がちょっと下がっています。

アビゲイルとなった今、私は魔王と全然違う姿ですし、だからきっとおいもをあげればわかるだろうと思っただけで。

だけど覚えていなかったら、おいもをあげてもわからないかもしれません。それでもあげたいかと言われたらどうでしょう。

ウェンディはおいもを好きでも嫌いでもないって言いましたし、あ、でも。

「おいもはあげなくてもいいかもしれません」

森は雪が深くて、ちっちゃい人間が冬に来ることはできなかったから。

秋には一緒においもを食べて、雪が降り始めた頃に「また春にな」って手を振っていました。

春が来たらなぜかもうちょっと小さくなってて、魔王がとってきた葉っぱとか一緒に食べて。

夏は魔王のお散歩についてきて、川でお水を飲む魔王がこぼした貝とかエビを拾って。

毎日ではなかったですけれども。

あの子は村でお仕事がありましたし。

ちょっとずつ大きくなるにつれて「仕事が増えたから」って言ってましたし。

お仕事が増えたからもらえるごはんも多くなったって。

「あの子が森に来なくても、魔王は目がいいので村の中は見えたんですけど」

「うん」

「多分村で偉くなったんだと思います。秋には贈り物だぞって荷車においもとか載せて、村の人間を連れてくるようになりましたし」

「――ほお」

「私はずっと魔王があの子とおいもを食べてたのばっかり思い出してましたけど、よく考えてみたら一緒においもを食べたのはあの子がちっちゃいときでした。おっきくなってくるとあんまり一緒には食べなかったです。まさかとは思いますがウェンディって、ちっちゃい人間のときも別においもを好きではなかった……？」

あんなに一緒に食べたのに？

「お、おう……いやー、どうだろうな……あのな、アビー」

「はい」

髪をくるくるする旦那様の手をつかまえて鼻にあてたら、やっぱりいい匂いがしました。

「実はな、俺はハイドンが嫌いだ」

「はい。旦那様、ご機嫌悪くなってました。あっ、ウェンディと一緒のごはんは嫌ですか？」

「――よくわかったな⁉」

そうでしょうそうでしょう。お披露目の準備のときに義母上からお作法とか習いましたし！

仲良くない人同士は一緒の席にしないのです！

すごいぞアビーって旦那様がつむじを撫でてくださいましたし、合ってます。

「大丈夫です。それでしたらお昼ごはんはウェンディとお庭で食べてきます」

「待て待て待て。大丈夫だ。執務室で食べような。俺も一緒に食べよう」

「でも義母上が」

「嫌いな奴とでも一緒の食事ができるのだって大事なお行儀だから！　な！」

「そういえば義母上もそう言ってました」

「だろう。うん。……というか、それでもやっぱり芋あげたかったか」

「お庭でおいも焼こうと思ったのですがやめます」

「お、おう。本部ではちょっと焼けんかなー」

「料理長にお願いしてシェパーズ・パイをお弁当にします」

それはそれとして私がおいもを好きですので！

みっちりしたお肉にたっぷりとおいもを載せた料理長のシェパーズ・パイはとっても美味しいのです！


私は森の周りを中心としてロングハースト領全部くらいの地形はちゃんと覚えていますけど、地図はそれほど詳しいものではないので川の支流や土地の傾斜を書き加える作業をしています。

でもやっぱり紙の地図と、私の頭の中の地図はぴったり同じになりません。だから意識を領に向けながら指でなぞっていました。

文官は一人が資料を見ながら知りたい場所を指で示す役で、もう一人が書き加える役です。

「え、え、えぇぇ……？　ハイドン様と、ですか……」

ローテーブルに広げた地図の一点を人差し指で押さえる文官は、目の前の私と執務机についているいる旦那様を交互に何度も見つめます。

「ふふ夫人、だだだ大丈夫な、なんですか」

「大丈夫です。ロドニーはちゃんとシェパーズ・パイを上手にあたためてくれます」

今日はこのお仕事の後でウェンディとお昼ごはんを食べることをお話しすると、なんだかとても驚かれてしまいました。地図を押さえる指はどんどんずれていきます。

この執務室の隣のお部屋には小さいキッチンもついてますし、ロドニーだって大丈夫って言ってましたからばっちりですのに。

「……ああ、リックマン嬢はあれを知っているのか」

「ははははい、い、家同士の、取引があった、のでむむ昔から」

「なるほど。まあ、俺が同席するから問題ないが――気遣いに感謝する」

旦那様はペンを置いて、席に着いたままですが胸に片手をあてます。パイの話じゃなかった。

リックマンはもっとびっくりしたように両手を素早く上げたり下げたりしはじめたので、地図がちょっとずれました。

「い、いえ！　その！　かかかかか彼女、は、そ、その、あまり会話、にならない、の、で！　わわわ私が言う、のも、なんですが！」

「――んんっ、それは、確かにな」

もう一人の文官は肩を震わせてから、よれた地図をぴっと直しました。目が合うと頷かれたので、また指をさっきと同じところに置きます。


ここは領都に一番近く、森を囲む岩山の隙間から流れ出る川のそばにある村です。

魔王が生きていた頃は、岩山が森を囲んではいなかったのでもう少し川幅がありました。今は岩山に遮られて細くなっていた川が、ここ最近ずっと続いた大雨で氾濫したために村は飲み込まれたそうです。だから私が指差したところは、村があった場所。もうありません。

意識を向けてみると、前よりもわかりやすくなっていますし多分全部流れてなくなったのでしょう。にんげんが住むところはそうじゃないところよりもちょっとだけ見えにくい。


文官のペンは私の指先を囲むように、ぐるっと線を引きます。ちょうど村を囲む畑だったところくらいの範囲。領都も昔はこのくらいの広さだったと思います。多分ですけども。

「わ、私はっ、こう、つい思ったことを、つい、言ってしまって。もももう社交とか、全然っ無理なのですが、ささ幸い、す、好きなことを仕事に、できまして、あのっ」

夫人、と呼ばれたので顔をあげると、リックマンが私をまっすぐに見つめていました。

「夫人は、こここんなに優秀で、さ、才能がおありなのに、仕事にさ、されないのは惜しいと、そのっ勝手にな、なんですけど思ってしまいまして」

だから先日はつい色々と不躾に聞いてしまって申し訳なかったと言われたのですけど、ちょっとわかりませんでした。怒られたそうなんですが、でも。

「私は子爵夫人のお仕事をしています」

「あ、はい、そ、そう、そうですよね。はい。はい。本当にもも申し訳なく」

「気にしてません」

「——はい」

リックマンは両肩をぎゅっと縮めて小さくなってしまいましたので、私は旦那様のそばに行って引き出しから虹色の飴を出してもらいます。旦那様は私の口にひとついれてくれようとしたのですが違います。いえ、いれてもらいますけども、もうひとつ出してもらって、リックマンにあげました。

旦那様は「アビゲイルが……っ」と口を開けたまま動かなくなってしまったので、そこにもひとついれてあげます。今日はいちごのシロップが入ってました。美味しい。

「ふふふふ夫人！」

がばっと立ち上がったリックマンに、両手をがっしりとつかまれます。びっくりした。

「ハイドン様って妙に会話が通じなくて何を言ってもご自分が言いたいことばっかりを言い続けるのですが夫人なら彼女などものともせずにあしらえるはずですノエル様にこんなにも大切にされていますし何を言われてもお気になさる必要なんてひとつもありませんから夫人の圧勝ですから大丈夫ですから‼」

わあ、すごい勢いでいっぱいしゃべりました！　すごい！　一回も息を吸わなかった！

その代わりのように旦那様のぶふぉって吹き出した音が後ろからしました。ロドニーは咳ばらいを続けています。

私の手を包んだまま上下に力強く振る手はちょっとかさかさしてるけど、タバサみたいにあたたかかったです。

◆◆◆

マグレガーは今日もドミニク殿下からの手紙を置いて、リックマンとともに引き上げていった。

ロングハーストの雨はまるで止む気配がなく、いくつかの村が流されたり沈んだりしたそうだが、そのうちひとつが地図には記されていない村だった。当然城でも把握していない。村人が領主館に助けを求めて現れたことで把握できたその村の場所が、さきほどアビゲイルが指さした地図の空白だ。

　領地が広くなるにつれ領主の把握していない集落ができること自体、褒められはしないがないことではない。だがそこは意図して隠していたのでもなければおかしいほどに領都に近かった。

好きなことを仕事にできたのだというだけのことはあり、リックマンの仕事は正確で速いらしい。数字を扱わせれば分析能力が際立って高いとの評判通り、その村の規模や村と領都の関係性を割り出していった結果が、殿下から俺への報告として手紙に記されていた。

引き換えに対人能力が欠如しているようだが、まあ、何故かアビゲイルとは妙に噛み合っている。あれは多分お互いに反射で話すばかりで、相手の言葉の裏を読もうとしていないからだろう……そりゃ社交ができないというのも納得だ。

アビゲイルは先ほどまで書類を広げていたローテーブルの周りを、ぐるぐると落ち着きなく歩き回っている。

「リックマンは苺が好きって言ってました。だから今度、裏庭の苺が生えてるところをご案内します」

「え……いつの間にそんな話してたんだ」

「さっきです！　約束しました！　招待状も書くのです！　習いましたし！」

「あのあちらこちらに飛ぶ会話の中で……ロドニー」

「オレも聞き取れてなかったようですねー……」

温めたパイの香ばしい匂いとともに隣の部屋から出てきたロドニーが悔しさをにじませた。いや悔しがるようなものでもないと思うが。

今回は場所がここだけに正式な招待状ではなく、ハイドンの上司経由で招いている。憐みが浮かぶ顔で見られたけれど、俺個人の好意からくる誘いだとか誤解されるよりましだ。張り切ってクレヨンを出してきたアビゲイルには申し訳なかったが、それはリックマンへの招待状で……駄目だろうなきっと。彼女であれば問題ないように思えても、タバサはクレヨンを許さないだろう。

にんじんのはちみつローストとベイクドビーンズ、干しブドウと胡桃のソーダブレッドと、ロドニーが次々サイドワゴンに載せていく。それを顔ごと目で追うアビゲイルを横目で見ながら手紙を引き出しにしまった。

「アビー、そろそろ時間だ。座って待とうな」

「はい！」

　アビゲイルがはずむように腰を下ろしたのと、軽やかなノックが聞こえたのは同時だった。


「アビーちゃん、随分小食なのね」

　ロドニーがサーブした各々の皿には、少しずつ取り分けられた料理が盛り付けられている。アビゲイルのだけ明らかに量が少ないのは確かだが、何がアビーちゃんだ。いつ愛称を許した。本人が気にしていないし、もてなす気満々だから口も出せないのが苛つく。

「お皿に載ってる分ならおなかが痛くならないので、ロドニーはちょっとずつ色々載せてくれるのです。ウェンディ、これはシェパーズ・パイでマッシュポテトだからおいもですよ」

「……ま、まあ、貴族夫人は小食なものよね。体を動かすこともないでしょうし。ほら、私たちは体が資本だから美味しくいただけるけど。ね、ジェラルド」

「ノエル少佐と呼ぶように」

「私が食べても美味しいです」

「もー。食事時に堅苦しいのっていやじゃない。ほら学校の食堂でだって楽しく食べたの思い出すでしょう？」

「がっこうのしょくどう……旦那様」

「ハイドンと食事を一緒にとったことはない。アビー、うちの料理のほうがずっと美味いぞ」

「料理長はすごいので！」

　食事時に同じ食堂内にいたことを、一緒に食べたと数えられたらたまらん。無理やり同席しようとしてきた時だってさっさと席を立って避けていたのに、この調子で吹聴して回っていた。当時もそれに気づいた時は寒気がしたものだけれど、誰だ、四年もたてば正気になるとか言ったやつ！　どこも正されてないぞ！

「ウェンディ、料理長のこのシェパーズ・パイのマッシュポテトも、普段のとこれは違ってて！　バターミルクが入ってるんですけど！　それも料理長がお城のミルクでつくってくれたバターミルクで！」

「なんでそんなに芋を食べさせたいの……」

「……お花のにんじんのほうがいいですか？　交換しますか？」

「アビー、それは料理長がアビーのためだから特別だと頑張ったやつだぞ」

「ウェンディ、ごめんなさい。普通のにんじんで我慢してください」

「い、いいわよ……別に……」

　うちの料理長は元々味付け最優先だったが、少しずつしか食べられないアビゲイルのためにと見栄えも凝り始めたのには使用人一同が動揺したものだ。俺も驚いた。彼はドリューウェットの私兵宿舎にある厨房で働いていたところを、王都で屋敷を構えた時に引き抜いた料理人だ。怪我で引退した私兵あがりだから細々した飾り切りなど好まなかったというのに。

　正直アビゲイルも見栄えを気にする方ではないけれど、『料理長の特別』が気に入ってるらしい。アビゲイルの分だけだからな……。


　人間は前世を普通覚えていないのだと話した夜。

　ハイドンとあの子は魂が同じなのだと、形を示すように両手を心もとなくふらふらさせたアビゲイルは、その手をぱたりと下ろしてつぶやいた。

『生まれる前のことを覚えていないなら、ウェンディとあの子はきっと違うんですね。私も魔王が思ったことは覚えていないので、魔王と私はちょっと違うのかもしれないと思いますし』

いつもと同じに淡々と受け入れるような口調で、そう納得したような素振りではあったけれど。ペースを崩されることに困惑顔のハイドンに話しかけ続けるアビゲイルの目は、いつもの好奇心や興味にあふれる輝きとは違うように思える。

　積み上げられたでたらめな報告書の束から不自然な数字を拾い上げていくときの、ああ、あの森で見た鏡面のような泉に似た静かな光だ。


――きっとハイドンの中にいるのかもしれないちっちゃな人間を探しているのだろう。

◆◆◆

ウェンディは旦那様と一緒に魔法学校に通っていたから幼馴染だと言うのですけれど、旦那様はにっこりじゃないおすましで違うとお返事しました。そんなこと言い出したら、魔法学校に通っていた全員が幼馴染だろうって。幼馴染、難しそうです。

旦那様がお小さい頃というのもよくわかりません。お小さいと言ってもきっとサミュエル様より大きかったんじゃないかと思うのです。旦那様は大きいですので。

前に旦那様から魔法学校に通ってみたいかと聞かれたとき、私は旦那様から魔法を習うほうがいいと思ったのでお断りしたのですけど、魔法学校は楽しいのでしょうか。

ウェンディにそう聞いてみると、ものすごく楽しかったわよって少し声を上ずらせて教えてくれました。

「アビーちゃんも通えたらきっと楽しかったんじゃないかしらね。まあ、誰でも通えるわけじゃないんだけど」

それは知ってます。一定以上の魔力量と技量がなければ入学できないと教えられました。私はばっちりだと思っていましたが、元魔王でも駄目なのでしょうか。でも旦那様はもう魔法学校を卒業したはずだから、そうなると旦那様と通うのはできない気がします。

「学校にはタバサを連れて行けますか」

「誰それ」

「タバサと旦那様が一緒じゃないと楽しくないです」

旦那様はもうお代わりしたのを半分も食べ終わってるし、ウェンディももうすぐ食べ終わりそうです。残ってるのはシェパーズ・パイがあとちょっとだけで、お代わりするでしょうか。お代わりまだあるでしょうか。ロドニーの方を見るとそっとキャセロールの蓋を開けて中身が見えるようにしてくれました。ロドニーの分をよけても多分まだあります！

「……アビー、ゆっくりでいいからいつものペースで食べなさい」

「でもウェンディもパイをお代わりするので」

「しないわよ⁉」

身体が資本って言っていたから旦那様と同じくらい食べるのだと思いましたのに、違ったみたいです。

ロドニーがお水をくれたので一口飲みました。ちょっとだけ苦しかったからちょうどよかったです。ウェンディは、んんって小さく喉を整えるように鳴らします。

「――私はジェラルドと一緒の選抜コースだったから、一般コースのことはわからないけれど。ねえ、ジェラルドは覚えてる？　一般コースでも側仕えを連れて入れたんだった？　ああ、でもほら同期のあの」

「コースで違うわけないだろう。あれは高位貴族の特権だ。だが妻を通わせる予定はない。あと少佐と呼べ。アビー、俺から教わってるんだから必要ないよな？」

「はい！」

「ジェラルドが……？」

「旦那様がお休みの日は抱っこして教えてくれます」

「ま、まあ、そうね。ジェラルドって意外と面倒見がよくて……え、今抱っこって言った？」

「ハイドンの面倒などみたことはない。クラスだって違っただろうが。知ったような口をきかんでくれ」

「知ってるわよ！　後輩とか同期にだって教えてたじゃない！　そりゃあ、私は回復系専攻だから無理だったでしょうけど」

「回復系、治癒魔法とかですか。見たことないです」

「たとえ専攻が一緒でも面倒みることなんぞあり得ない」

治癒魔法は見たことがありません。回復魔法もです。

そういう魔法を使う治癒師とか治療師は、お医者様より少なくてドリューウェットにも数人しかいないって聞きました。それも軍を引退した方たちばかりだからもう普段はお仕事していないって。現役の人は軍とか騎士団とか王城でお勤めしているそうです。

魔物にも使える子はいませんから、魔王のときも見たことありません。

魔物は死んじゃうときに死んじゃうだけなので。

だからあれはにんげんだけがつかう魔法。

「ウェンディ、私も治癒魔法見たいです」

「ふふっ、私は構わないけど？　でも肝心の怪我人もいないし、一応ね？　めったに見られるようなものでもないのよ」

「アビー、今度附属医務院に連れて行ってやるから。ハイドンはあまり上手くない」

「じゃあそうします！」

「なっ」

「事実だ。訓練も手を抜いていると噂になってるぞ」

「……それでも特別な魔法なことに変わりないんだから」

ウェンディは少し口を尖らせてもごもごしながら言いましたので、コップにお水を注いであげま、あ、こぼれた。

ロドニーが旦那様にお代わりのお代わりを渡しながら、素早くテーブルを拭いてくれます。

旦那様はたくさんお食べになるし、ときどき私の口にもいれてくれたりするのですが、それでもいつも私と食べ終わるのは同じくらいで、だからずっと一緒に食べていられます。

今もまだ一緒。二つ目のお花のにんじんを私も食べました。ちっちゃいから一口で食べられます。

ウェンディが食べ終わりました。フォークを載せた空のお皿がテーブルに置かれます。

「ウェンディ、おなかいっぱいになりましたか。美味しかったですか」

「……ええ、ノエル家の料理人は腕がいいのね」

「うちの料理長はお城で働いていましたので！」

「ふ、ふぅん……」

私は魔王のままアビゲイルの体になっただけだと、ずっと思っていました。だけど魔王が思ったことや考えたことを覚えていないのなら魔王とアビゲイルは違うのではないかと、この間初めて気がついたのです。いえ、同じなんですけど。同じだけど違う。気にしたことありませんでしたけど。


ちっちゃいあの子はなかなか大きくはならなくて、春になって久しぶりに会うといつもその冬の前より少し小さくなっていて。

おいもがとれるのは秋ですから、春と夏は魔王が木の実とかを分けてあげていました。時々魔物のお肉も。

春は魔物も動物もみんなおなかをすかせています。

冬の間は眠る子もそうじゃない子も、あまりごはんを食べられません。あの子だって同じ。

きっとだから魔王は食べ物を分けてあげていました。覚えてませんが、多分そうだったんじゃないかと思います。

だってあの子が村の人間に贈り物を持たせて寄越すようになっても、あの子が森に来なくなっても、魔王はいつもどんぐりや桑の実や苺をちょっと残しておいてたのです。

私は覚えていないはずなのに、何故だかウェンディと一緒にごはんを食べたかったのはきっとそのせい。

ベイクドビーンズの最後の一粒を飲み下して、ちょうどいい温度になったハーブティに口をつけると、旦那様が耳元で囁きました。こしょこしょは楽しくて好き。

「――アビー？　気が済んだか？」

「はい！」

なんかちょっと思ったのと違ったのでもういいです！

5 おまもりにとってもちょうどよかったです

午後の仕事の時間だとハイドンをさっさと追い出した。

このためにこの執務室で昼休憩の時間を選んだんだ。いつまでもぐだぐだととりとめのないことを言い連ねていたからやはり正解だった。

護衛が待つ馬車回しのところまで送る廊下で、ぴょこぴょこと跳ねるように横で歩くアビゲイルに機嫌の悪さや落ち込んでるような素振りは見られない。いや普段からそういうこと自体ほとんどないが。ああ、牛と羊を選べなかった時に拗ねていたくらいか……。

「旦那様」

「ん？」

不意に見上げてきた金色が……あー、なんかいいこと思いついたってあれだこれ。

「治癒魔法の見学、次のお仕事のときにできますか」

「う、うーん。一応見学は申し込んでおくが……。訓練での軽傷は日常だからタイミングさえ合えば見学はできるだろうけど、ちょうどその時に怪我人がいるかどうかわからんぞ？」

「怪我はしてなくていいです。見るだけですので」

「発動だけでも見られればいいってことか？」

「はい！　私は一度見たらできると思います！　……もう人間ですのでっ」

　これはここで言ってはいけないことだと、言っている途中に気がついたようで、つま先立って背伸びしながらひそめた声は楽し気だ。そうか、そういういいことか。

　ハイドンの言い草は大げさだが、適性が必要なため治癒魔法使いは多くない。修めた分野や練度によって治癒師、治療師と呼称は変わっていくけれど、常に医務院に詰めているのは軽傷を癒せるくらいの治癒師だ。

　見習いだしハイドンよりマシという程度だから、まかり間違ってアビゲイルが習得してしまったとしても、体に負担がかかるほどでもない。俺がそばで見ていればどうとでもなるだろう。

　馬車に乗り込み細く開いていた窓から顔を出そうとするところで額を軽く押さえて留めた。その窓枠に載せた指もしまいなさい。挟むから。

「治癒魔法できたら、私も軍にはいれますし遠征にも一緒に行けます！」

「――っ、いや、いや待て。あー、か、帰ったらな、話そうな」

「はい！」

　小さく手を振るアビゲイルに手を振り返しながら馬車を見送った。

　いいことはそっちだったかー！

　あれか、さっきハイドンも遠征に行くと聞いたからか？

「主、わかりますけど顔すっごいことになってますよー」

「どうしてくれようかと思うよな……」

「どうもこうも入隊なんて無茶なんだから諦めてもらうしかないでしょ」

「そうだけどな？　そうじゃないだろう!?」

あんなに閃いたって可愛い顔してたんだぞ！

駄目だなんて言ったらどれだけがっかりすると思ってんだ！


　元々俺は次男だし継ぐ領地もない。侯爵家がもつ下位の爵位をもらって後継である兄を支えるものだと育てられてきた。

　それがほんの少しばかり面白くなく、妙な意地もあって軍に入り子爵位も自力でとったわけだが、だからといって侯爵家に貢献すること自体に不満はない。事業の手伝いもしている。軍での経歴は領の私兵をまとめるのにも役に立つし、いずれ退役した後は兄の手伝いに専念するつもりでもいた。

　近隣の国との小競り合いなどはまだあれど、今現在この国は公式に戦争状態にはない。今度の遠征は西側にある同盟国との共同演習だ。その同盟国の北、ロングハーストの森を挟んだ向こう側に位置する隣国と、このウォーレイ国は数年前に休戦している。共同演習は隣国への牽制を兼ねたものでもあった。

「ちょっとまだ辞められる時期でもないし予定でもないんだよな……」

「主は手柄も立てちゃってますしねぇ」

それに国の動向や情勢を押さえられる今の地位は、アビゲイルのことを隠しておくのに最適でもある。昼間、引き出しにしまった手紙を出して胸元に納めた。現にこうしてドミニク殿下から情報も得られるわけだし。

「というか遠征行きたくないからって何を算段しようとしてんですか……はいはい、現実逃避してないで帰りますよ！　もー！」

「お、おう」


跳ねながら駆け寄ってくる出迎えも、夕食を料理長がどう調理していたか囀る様子も、いつもとまるで変わりはなかった。

アビゲイルは基本的に食べ物をくれていない人間に対してはひどく無頓着だ。正確には食べ物をくれるかどうかで好意の有無を認識している。いやそれもどうかと思うし、タバサもことあるごとに言い聞かせているようだけれども。

そのアビゲイルが食べ物どころか明らかに好意を向けてきていない人間に対して自ら近寄っていくなど、今まで見せたことのない行動にはどうしたものかと静観するしかなかった。魔王時代におそらくは唯一仲が良かったであろう人間に執着するのは、たとえそれがあんなのでも無理からぬことではあるわけだし。

「旦那様！　ごらんください！」

日課にしている寝酒の時間。

ソファに座る俺の足の間に落ち着いたアビゲイルが、得意げに差し出した小さな両手のひらには赤子の靴下がちんまりと載っている。

「この間はぐるぐるで失敗しちゃいましたけど！　今日はばっちりです！」

ステラ義姉上の出産祝いを準備すると言い出したのは先週のことだ。それからは昼間タバサが時間をつくって教えている。普通すぎる贈り物に二回聞き直した。

出産祝いに赤子用の靴下を編むというのは、どうもあのリックマンとの会話の中で得た知識だったらしい。それも聞き取れなかったとロドニーが悔しがっていた。当然俺もいつそんなやりとりがあったのかわからない。というかぐるぐるで失敗ってなんだ。俺の小鳥は器用なんだかそうじゃないんだか振れ幅が大きすぎて予測が全くつかない。

仕上がった靴下をつまみ上げれば、綺麗に編み目の揃った立派なものに思える。

「すごいじゃないか。今日帰って来てから仕上げたのか？」

「はい！　これは可愛いですか？」

「うん。可愛いなー」

丁寧に靴下を重ねているのも、次は手袋を習うのだとはずむ声も可愛いぞ。

うつむき揺れる赤髪を見下ろしながら気分よくグラスに口をつけていると、ふと思い出したように動きが止まった。

「私が近くで見たことある一番ちっちゃい人間はサミュエル様なのですけど、赤子はもっとちっちゃいのですね。タバサに教えてもらってびっくりしました。お会いしたときには、踏んでしまわないように気をつけなくてはなりません」

「――っ、そ、そうだな」

教えられたのであろう赤子らしき大きさを両手で示しつつ、あまりにも神妙な声を出すものだから変なところに酒がはいりかける。

「タバサはまだまだだって言いますが、遠征に行って帰って来てからドリューウェットに行くのでも間に合いますか。赤子の足はそのときもまだこのくらいちっちゃいでしょうか」

「……まだ生まれてもいないから大丈夫だ、けど、なあ、アビー」

「はい」

遠征は一緒に行くってもう思ってるよなーこれなー……。

「昼に言っていた入隊のことなんだけどな？」

「お任せください！　私はきっと治癒魔法できます！　治癒魔法使いは後ろの方にいるって聞いたので、ちゃんと旦那様の後ろにいる約束も守れます！」

「いや、あのな」

「はい！」

「軍には入隊資格ってのがあってな」

まっすぐに見上げてくる金色から思わず目をそらした。

「……身長百六十五センチ以上ないと駄目なんだ」
「にゅうたいしかく!?」

これまでで一番わき腹が痛かった。

◆◆◆

私は運動神経がいいと旦那様に褒められますし、人間の魔法も鼻血が出ないようにだいぶ使えるようになりました。旦那様は護衛たちと剣術や体術の鍛錬を毎朝していて、私もその真似は上手にできてると思います。だけど途中で疲れてしまうので、アビゲイルの体はまだちょっとだけ弱い。

だから旦那様と同じに軍のお仕事をすることはできません。そのうちできると思うのですが、今はまだ駄目です。でも治癒魔法師なら、ウェンディみたいに弱くてもついていけるのです。

魔王の頃より私の手や足は少ないですけれど、ウェンディよりはずっと強いから、治癒魔法さえ使えたら私だってついていけるはずってそう思いましたのに。

「あと十センチもだなんて……多分来年ぐらいにならないと無理です……」

思わず手の中の靴下を握ってしまいましたら、旦那様はそっぽを向いて口を押さえていた手を下ろし、ゆっくり私の指を開かせてくれました。そして靴下をもう一度伸ばしてテーブルに置いてくださいます。覆いかぶさるように私の前に回った腕でぎゅっとされたので、そのままもたれかかりました。とてもがっしりしててちょうどいい。

「遠征の間は、子爵夫人として屋敷を守ってくれるんだろう？」

「それはそうです！　ばっちりです！　でもそれはそれです！」

「ふはっ、うん、それはそれとして、俺も君を置いて遠出するのは嫌なんだけどな」

「……お仕事だから仕方ないのです」

「さすが俺の妻は頼りになる」

　ふわっとしたつむじの感触で、口づけがおりてきたのがわかります。

　去年の遠征のとき、一緒に行こうなんて全然思わなかったのはどうしてだったかと考えました。きっとその頃はまだこんなにいつも口づけしてくれてはいなかったからじゃないでしょうか。お優しいのは変わりませんし、てっぺんの苺もくださってましたけども。

時々頭を撫でてくれてはいても、抱っこはしてもらえていなかった。あ、おなかが痛くなったときはベッドに運んでくれたかもしれません。

　でもいつもじゃなかった。いつからいつもになったのでしょう。

　旦那様が私の髪をくるくると指に絡ませては離し、またくるくるとします。

「……ロングハーストの、地図に載っていなかった村があるだろう。君が指差して教えたところだ」

　第四王子から連絡があったのだと旦那様は続けます。

「あの村は、君の実母や義母のブリアナが生まれ育った村らしいな。――あと領主補佐もか」

「伯爵家とは古くから縁のある村だと聞いたことはあるので、そうだったのかもしれません」

「あ、うん。君は興味なかったかやっぱり」

「はい！」

「領主補佐は金で買ったとはいえ爵位持ちだったし、君の実母の実家も何代か前に準男爵位を買った家だ。古くから続く伯爵家と縁を繋ぐために外面を整えたんだろうけれど、それでもなお、出身の村を隠し続けたのは魔王の存在が関係しているんじゃないかと思ったんだが」

「地図に載ってないのは知ってましたけど、隠してたのは知りませんでした。載ってなくても困らなかったので」

　私がお手伝いしてたのは書類のことばかりで、領民に直接指示を出したり他領や商人と取引したりするのは伯爵や領主補佐たちでした。

　あの人たち以外と話すこともなかったですし、私が知っていればいいことは知っていたので困ったりはしません。内緒というものは、旦那様やタバサたちとしたのが初めてで、内緒が楽しいことも知らなかった。あの人たちもきっと楽しかったのかもしれません。

　旦那様の足の間で絨毯の上に座っていたのですが、そこからお膝によじ登りました。ほっぺとほっぺをくっつけたら、すりすりしてくれて気持ちがいい。

「領都を中心に俺もドリューウェットでも調べさせていたのに、その村のことは出てこなかったから随分念入りに隠していたと見える。行方がわからなくなっていたブリアナ元伯爵夫人、あれもどうやらその村に戻っていたらしい」

「はい」

「村人の大半は領主館に避難しているが、そこにブリアナはいない。領都に向かう途中ではぐれたって話だ——アビー」

旦那様は私の頬を両手で挟んでじっとまっすぐ目を覗き込みましたので、私も同じにして差し上げます。

「護衛は全員屋敷に置いていく。ないとは思うが、もし万が一ブリアナが来ても会わないでくれ。……俺が留守の間は、外出せずに屋敷を守っていてくれるか？」

「お庭は」

「護衛の奴らがついていればいい」

「じゃあ普段と同じです！　お任せください！」

旦那様は、ははっと笑った後にそのまま大きなため息をついて「行きたくない……」とつぶやきました。

「お仕事は大事です」

「うん……、あー、イーサンも強いからな。いざというときはイーサンの後ろに隠れるように」

「イーサンがつよい⁉」

「俺が子どもの頃、剣術の基礎を教えてくれたのはイーサンだぞ」

なんてこと！　気がつかなかっただなんて！　私もお願いしたらこっそり教えてもらえたりしないでしょうか。

「……今イーサンに習おうと思ってるだろ。イーサンの得意は暗器だか――っ」

旦那様が口をちょっと尖らせたので、ぱくりとそこを唇ではさみました。

おねだりの前は口づけするといいって教わりましたので！

イーサンは暗器使いらしいです。

教えてくださいとお願いしたら、なるほどって差し出した手にはサーモン・ジャーキーが！　いつのまに！

「私がどこから出したかわかるようになったらお教えしましょうね」

「もう一回！　もう一回です！」

「一日一回でございます」

それから毎日出してもらってますけど、今朝もどこから出てきたのかわからなかった。出してくれたのはハンカチです。お出かけ前だったのでポケットにいれました。

午前中にお仕事をしてリックマンにも招待状を渡して、お昼ごはんも食べてから医務院に来たのですが、旦那様が扉をノックして開けるとウェンディがいました。

「何故ハイドンがいる」

旦那様はウェンディをちらりともせずに部屋の奥に声をかけます。だけどウェンディのほかは誰もいないようでした。

「だってこの間治癒魔法を私に習いたいってアビーちゃんが言ったんじゃない」

そんな話になってたでしょうか。やっぱり会話術難しい。

普段常駐している治癒魔法使いは休憩に出たからお留守番をしているそうで、それを聞いた旦那様が唸りました。

「俺は見習いとはいえちゃんとした治癒師に依頼したんだ。ただの治癒魔法使いじゃない」

「ひっどーい。だって発動見せるだけなんだからそんなの変わりはしないわよ」

「変わらないと思ってるからいつまでも下手なんだろうが！　発動も遅いし効果も薄い！　魔力操作だって無駄がある！」

「どうせ見ただけで使えるようになるわけじゃないんだから同じでしょ。そもそも適性が必要なんだし。ね？　アビーちゃん」

ウェンディが口を大きく開けたにっこりをしたので、頷きを返しました。どんなものなのか見たいだけですから、下手でもいいのです。

今日もぱつぱつのお胸を反らしながら示されたソファに、旦那様と並んで腰かけました。

「まだ新しい服を買ってもらえないのですか」

「この制服は支給されたばかりだけど？」

なんてこと！　お胸はそんな急に大きくなるものだったのでしょうか。自分のを確かめようとしたら旦那様に手を下ろされました。帰ってからにします。

怪我を治す治癒魔法は、魔力操作が繊細なうえに体のつくりとか仕組みの知識が必要なのだとウェンディが話しはじめたのですが、それはもう教わったから知ってます。

予備知識は教えてあると、旦那様が伝えて治癒魔法の発動を促しました。

ウェンディが少し頬を膨らませながら手のひらに魔力を集めたほんの数秒の後、ちっちゃなあの子のときと同じ魔力がゆるゆると手のひらで渦になりはじめます。少しいびつな渦。旦那様が魔法を使うときにはいつもきれいな円がいくつも重なるのに。

「〝天と地を導きの光で満たせ絶え間なく湧き出る泉をその身に宿せ〟」

「長い⁉」

「ぶふぉっ」

「あっ」

「あっ」

渦がすぐにざらりと崩れて消えてしまいました。……これは私が驚かせてしまったからかもしれません。

「ごめんなさい。旦那様の詠唱はいつも一言だからびっくりしました」

「……戦闘系はそうだけど、回復系はこのくらいの詠唱普通でしょ」

「鍛錬が足りない言い訳だな」

「それでも使えるだけ特別なのは変わらないわ。ジェラルドだって」

「ウェンディも特別が好きなのですね」


あの子も特別が好きだったと思います。

『どんな魔物より強くて大きいからおまえは魔物の王様だな』

あの子はそう言って魔王を魔王と呼びはじめたのですけれど、村人たちに俺は魔王の特別なんだって言っていたのを知っています。

森の入り口に贈り物を持ってくる村人にそう言ってましたし、村の中でも言ってました。俺が特別だから魔王は願いを聞いてくれるって。魔王は耳もいいのです。

あの子と並んでおいもや桑の実を食べる魔王は跳ねてましたので、きっと旦那様にくっついたら跳ねたくなる私と同じに楽しかったのでしょう。

森の中のお散歩についてくるあの子が魔物の巣に近づかないように、腕を引っ張って安全な道を教えました。

川のそばで焚火をするときは魔物寄せの花まで燃やさないように、服を引っ張って教えました。

魔王は人間の言葉をわかってるけど話すことはできなかったので、たくさんの手や足をあっちこっちに動かして教えたのです。

それは多分特別ってこと。

あの子だけに教えたことです。

だからあの子は間違ってないし、特別になるのは楽しいって今では私も知っています。

ウェンディはあの子とちょっと違いましたけど、魔力みたいに同じところもやっぱりあるようです。


「でも私の特別はもう旦那様なので」

「なんで私が振られた感じになってるの⁉　――ちょっとジェラルド」

そっぽを向いてしまった旦那様はひじの内側で口を覆ったのですが、その腕にウェンディが手を伸ばしました。

でも旦那様はその手を素早く払いのけます。さすが旦那様。毎朝護衛と鍛錬をしているときと同じ動きです。

「アビー、ちゃんとした治癒師の詠唱はもっと短いけど、どうする？　戻ってくるのを待つか？」

「もう見たから大丈夫です！　ウェンディ、ありがとうございました」

「あ、そ、そう？　まあ別にいいけど」

ちゃんと近くで見たのは初めてでしたが、治癒魔法は多分使おうと思えば使えると思います。

でもきっとこれを使ったらもう森には帰れなくなる気がしました。

にんげんだけが使える魔法ですから。

◆◆◆

アビゲイルの特別が俺なのだと告げる言葉は、想定外に身の内を満たす心地がした。

ロドニーにもちょくちょくからかわれていたから、きっとそうなのだろうと思ってはいたのだけど、どうやら俺は自覚する以上に器が小さいらしい。

公国の吸収が二百年ほど前。おそらく当時続いた天災は、魔王を殺された森の報復だったのだと思う。そうすると芋をくれた子どもは当然もっと前の時代に生きていたはずだ。そんな存在に嫉妬していたとは我ながらどうなんだと呆れる。

治癒魔法の発動をじっと見つめていたアビゲイルの視線の焦点は、ハイドンの手元のようでそうではないどこかに結ばれていた。

ぱちりと瞬いてからひとつ、ふたつと小さく頷いたのは満足の証だ。てっきりそのまま再現して見せるかと警戒していたけれど、そうしなかったのは約束だからなのか、それとも再現できないからなのか。

後者ではないだろうと思うが、満足したのならもう用はない。暇を告げようとしたところでハイドンが慌てて引き止めてきた。

「お茶！　お茶いれるわね！」

「ありがとうございます！」

あー……期待してるぞこれ。すっごい期待してる。今のハイドンと前世の子どもは別物だと納得してはいても嬉しいんだな。それこそ『それはそれこれはこれ』なんだろう。

いやー、でもなー。不本意ながら散々まとわりつかれた身として、ハイドンが何をどれだけ習得しているのかは察しがつくというかだな。

「ウェンディ、これはなんのお茶ですか」

「うちで使っている品よ。ここにはろくなものがないから持ってきておいたの」

「……」

希少さとか高価さで選んだらしき茶は、藻のようにどろりとした緑の液体だった。うちの小鳥に何飲ませる気だこいつ。

アビゲイルの前に置かれたティーカップをそっと遠ざけたのに、ハイドンが一口含むやいなや素早く手を伸ばして口にしてしまった。ホストが口にしてから手をつけるのは合ってる！　合ってるけどな！　普段は熱さを用心してるのになんでこんな時に！

「っ――――!?」

「くぷっ!?」

俺の分の茶をポットに戻し、湯だけで一度濯いでから水差しの水を入れなおしたカップを渡す。当然アビゲイルにだけだ。咽せてるハイドンなど知らん。

「口の中がしわしわします」

「茶葉を入れすぎだし、これは確かもっと低い温度でゆっくり淹れるもののはずだぞ」

「さすが旦那様！」

「俺が淹れられるわけじゃないけどな」

「ロドニーなら大丈夫ですか」

「うん。うちの事業でも扱っているから、今度ロドニーに淹れさせよう」

ロドニーには別の仕事を頼んでいたから連れて来ていなかった。あいつは無残な茶のなれの果てに静かに怒りそうだからそれでよかったかもしれん。

「うー、ジェラルドも知ってたなら教えてくれたっていいじゃない」

「淹れ方も知らんくせに見栄を張るからだ」

「ウェンディにはロドニーがいないから仕方なかったです」

アビゲイルの口元をハンカチで拭っていれば、ハイドンの妙な視線が刺さった。

「……そんなのジェラルドっぽくない」

知るか。もういいだろこれ。帰っていいだろ。

「ジェラルドっぽい……」

アビゲイルが俺を見て、ハイドンを見て、また俺を見る。

うん。わからんよな。それはそうだ。

「ウェンディ。旦那様は本物です」

「知ってるわよ!?」

「ぶふっ」

真剣な助言を即座に打ち返されて、心底困惑している顔がおかしいやら可愛いやらで動けなくなった。

だよなぁ。君にとっては今の俺だけが本物だもんな。

実際のところ俺自身も変わった自覚があるんだけれど、アビゲイルに関することだけなのだからそりゃ君にわかるわけがない。そうは言っても、訳知り顔で語られるほどハイドンと親しかった事実もなければ筋合いでもないんだが。

「何よ……ジェラルドはもっと、こう、どんな女の子にも冷たいのがジェラルドで」

「確かに〝凍てつけ〟がお得意です」

確かにじゃないんだよなー！

駄目だ。完全に笑いが止まらなくなった。やめろそこで納得するな。というかどんな女性にも冷たいとか、俺の女嫌いの原因は大半がこいつだぞ。

貴族同士の化かし合いや水面下の蹴落とし合いはあって当然のものだし、幼い頃からそう教育されている。特に貴族女性は男性のそれとはまた違う苛烈さがあるのを知識として知ってはいた。ただ異性には見られないところで行われるものだから、普通目の当たりにすることはないんだ。ドリューウェットのサーモン・ジャーキーだって男性も参加する茶会で出されることはない。

茶会で俺の隣をめぐってとげとげしい空気になったり、会話の主導権を握りたいのか口々に違うことを一斉に話しだしたりと、俺も含めて子どもだったせいもあるが、あまりの品のなさに一歩どころか数歩下がってそのまま帰りたくなったのを鮮烈に覚えている。

　それでもその程度ですんでいたものが、このハイドンが絡むとつかみ合いにまで発展した。

　ハイドン自身が争いの中心にいるわけではない。だが、いがみ合う女性同士を煽りまくっているのだからたちが悪い。

『ジェラルドはそういうの好きではないってお聞きになってない？　……彼女に伝言を頼んだのに』

『ああ、ジェラルドは次の休日にもう予定が入ってるって。その日はあちらのお茶会があるし多分』

『言いにくいんだけど、あの方があなたのことを……』

　最初はまだよかった。馴れ馴れしくはあるが物怖じせず話しかけてくる令嬢がいるなと思っていただけだ。

　そのうちつきまとってくる女性が増えていき、目の前で俺を挟んでの罵り合いも増えた。

　そんな場面で仲裁役の顔をして割り込むハイドンに、何故か俺が窘められたり次に参加する茶会を勝手に決められたりが繰り返される。その流れを把握した時、全部まとめて縛り上げて川にでも投げたくなったものだ。

　ハイドン本人は下位貴族の子息令嬢にも分け隔てなく接すると一部から評価されていたけれど、そのうち高位貴族の上から順に相手にされなくなっていった。

すんなりと士官学校に入ってきたのは、治癒魔法適性があったからというだけではない。裕福な伯爵家なのに縁談もろくにまとまらなかったせいだと、のちにロドニーが調べ上げて来ていた。

笑い疲れたし、もう引き上げようとアビゲイルの手をとったところでまたハイドンが妄言を口にした。

「政略結婚だって聞いたのに……女の子に優しいジェラルドなんてジェラルドじゃない」

「旦那様は優しいです」

「甘ったるい目つきで食事の間中見つめてたりなんて！　隙あらば頭撫でたりなんて！　やたら嬉しそうに口元拭いてあげたりだなんて！」

「ぐっ――い、いい加減にしてくれ。帰るぞ、アビー。つきあってられん」

唐突な癇癪に目も口も丸くしたアビゲイルは、俺とハイドンの顔をまた見比べていた。

標的がアビゲイルじゃないだけましだけれど、俺だって限界がある。貴族らしい言い回しなど通じるわけもないし、かといって女性相手に声を荒らげる姿をアビゲイルに見せたくはないのに、ハイドンはさらに言いつのった。

「ジェラルドと普通に話せる女の子は私だけだったのに！」

「普通に話した覚えなどない！」

ハイドンの異常な執着の理由をこれまで理解できたことはなかった。理解しようとする情すらわかなかったとも言えるが。

つきまといはするけれど、不思議とそこに恋情は見られない。

貴族的な打算にしてはあまりに稚拙で、その振る舞いは得るものより失うもののほうが多いし、実際そうなった。

こういう他者の理解が及ばない人間は時々いる、そのくらいに思っていた。

けれど今、私だけだったのにと叫んだ姿が、魔王との繋がりを自慢する見たこともない子どもの姿と重なって、ああ、そうかと腑に落ちる。

「いいか。俺はお前が特別な人間とやらになるための勲章でもなければ狩りの戦利品《トロフィー》でもない。俺はお前の権威になどならない。周囲に認められたいなら自分の力でやれ。何度も言っているが俺はお前に迷惑しているし大嫌いだ」

本当に何度も言ってきていて、その都度流されてきていた言葉に、ハイドンは初めて聞いたとばかりに目を見開いた。

「ウェンディ・ハイドン、ノエル子爵家がドリューウェット侯爵家を通してハイドン伯爵家に正式な抗議をいれる。二度と自領から出られないと思っておけ」

「え、だ、だって遠征が」

「ああ、それが最後になるか、その前に伯爵家が動くか、どちらにしろ俺の知ったことじゃない」

警告は散々した。今までは俺自身が侯爵家の力を借りたくなかっただけのことだ。今では使えるものは何でも使う気になるんだから、まあ、ここも変わったところなんだろう。

「ウェンディ、人間は変わるものです」

「……は？」

アビゲイルが平坦な声音で、あの目で、まっすぐにハイドンを見上げている。

「人間はそういうものだから仕方ありません」

芋を一緒に食べてくれなくなった子どもを、それでも待っていた魔王もそう思っていたのだろうか。

祭りに招きすらしない人間の願いを聞き続けた挙句に裏切られた時ですら、まさかそう思っていたのだろうか。

「時芋虫《クロツクワーム》も苔隼《モスフアルコン》に変わりますし」

「知らないわよ！」

時芋虫はそのまま芋虫に似た魔物だし、苔隼は獰猛な鳥の魔物なんだが。

成長で変態するとは初耳だ。えー、あれがあれになるとかないだろ……。

「知らないですか……あ！　おたまじゃくしも蛙になりますね！」

「なるけど！」

「だから人間も変わるの仕方ないです。見た目同じだからちょっとわかりにくいですけど」

「だからじゃないのよ！　繋がってないでしょそれ！」

「よし、帰るぞアビー」

「はい！」

ほんとうちの小鳥は器大きいよなー。信じられるか。これ慰めてたつもりなんだぞ多分。

◆◆◆

王都の一番外側にある城壁の門を出てすぐに、大きな空き地があります。

街道沿いにあるそこは畑でも何でもないただの草地ですが、遠征など規模の大きな行事のときの集合場所となるそうです。だから今は遠征隊やその家族でいっぱいになっていて、私も旦那様のお見送りに来ました。

王都を出入りするときは、この道を毎回通っているはずなのですけど、私はずっと馬車の中でしたからこうして城壁を見上げるのは初めてです。

ドリューウェットのお城のほうが高いですが、この壁は窓もないしずっと左右に広がり続けているので押しつぶされそうな感じがします。てっぺんにある壁は高いところと低いところが交互にあってでこぼこで、あれは知っています。胸壁と言うので——あっ！　向こう側に影が通りました！　あそこは人間が歩いてる！

「アビー、危ないから横歩きしない」

「あっ、旦那様！　あそこは登ってもいい場所ですか！」

出発前の打ち合わせに行っていた旦那様が、いつのまにかお戻りになっていました。私が指差した先を見上げて、ああ、と頷いて私の腰を引き寄せます。

「軍の管轄だから俺がいれば見学はできる。帰ってきたら手配しよう。いい見晴らしだから君もきっと気に入る」

「はい！　あそこと、あそこ、それから、えっとあの辺りにも出っ張りがあるので私もちゃんと手が届くし登れると」

「待て待て待て。壁を登るんじゃないぞ。中に階段あるから」

城壁は四角い石がきっちりと積み上げられていて石と石の隙間もないですが、ところどころずれたり欠けてたりしているのです。そこを指差したら、旦那様は唸りながら目を細めてじっくりと壁を睨みつけていました。

「……補修が必要かもしれんな。報告事項にいれておこう」

「もしや登るためのものでは」

「ないな。登られちゃ困、る——ぶふっ」

旦那様はおなかを右手で押さえてしばらく笑って、それから城壁の中の造りを教えてくださいました。ここからは見えないけど、覗き穴があったりもするそうです。

「あと、君は確かに運動神経がいいけど壁登りは無理だからな。どっかで試そうとしないように。

特別な鍛え方が必要なんだぞ」

　右手で空気を鷲掴みするように、にぎにぎして見せてくれましたので、私もにぎにぎしてみました。その指と指の間に旦那様の指が挟まるようにするりと手が繋がれます。そのまま口元まで持っていって、軽い音を立てて指先に口づけを落としてくださいました。

「なるべく早く帰るから」

「はい！　ちゃんと旦那様とロドニーの馬にもよく言って聞かせておきましたので！」

「お、おう？」

　さっきタバサがロドニーに「しっかりお勤めしなさいね、主様もあなたも怪我のないように」って言ってましたので、私は馬のほうにしました。馬とはあまりお話ししたことありませんが伝わってると思います。旅の無事をお祈りするのは妻のお仕事なので、あ！

「そうでした。旦那様。妻のお仕事です！」

　最近ずっと赤子の手袋や靴下を編んでましたけど、他にも刺繍を習っていました。

　妻は夫のハンカチにお守りの刺繍をするもの！

　昨日仕上げて、ちゃんとこて型アイロンをメイドにお願いしてかけてもらったので、ぴしっと綺麗に畳まれています。アイロンも習おうと思いましたが、危ないから駄目ですって言われました。

「あ、こっちはサーモン・ジャーキーのでした」

「う、うん？」

サーモン・ジャーキーを包んだハンカチはポケットにしまいなおし、反対側のポケットからハンカチを取り出して差し出すと、旦那様は両手で受け取ってくださいました。

「こ、これは……あ、いや聞いたことがあるぞ。立体刺繍……？」

「はい！　魔王にしました！」

少し時間が足りなくて手も足もいっぱいあるうちの六本しか刺せませんでしたが、よい感じにハンカチから伸びたと思います。あと金の糸で刺した目も六個。

「――っ、す、素晴らしい、な……魔王はつよい、から、心強い守り、だ」

「はい！　つよいですから！」

旦那様は出発の笛が鳴るまでうずくまっていましたけど、行ってきますの口づけもちゃんとしてお出かけになりました。

閑話　みたことないものはあじみしないといけないとおもいます

ぼくのじいちゃんは庭師だ。

すごく腕がよくて、ドリューウェット城の庭師長まで勤め上げたって聞いてる。ぼくは王都で育ったから直接は知らなかった。父さんは王都邸の庭師をしてるのだけど、父さんがじいちゃんはすごいっていうんだからきっとそうなんだろう。

そんなじいちゃんが数年前にもう年だからと庭師長を引退して王都まで出てきたんだ。

引退はともかくあの年になって領を出るなんてって父さんは驚いてた。とはいっても結局は侯爵家から独立したノエル子爵邸の庭を見てるんだから、庭師は庭師のままだ。

城や王都邸に比べて庭は狭いし、子爵様も庭にあまり興味がないそうだから「まぁー手慰みにちょうどいいわなぁ」って言ってた。

ぼくも庭師を目指してるけど、何十年も庭師の仕事をして、引退した後まで趣味で庭師するのはちょっとわかんないなと思う。


「あー、おまえなー、ちょっとしばらくおれんとこ手伝えやぁ」

「えー？　なに？　調子でも悪いの」

「んにゃー、主様がなー奥様好みにしてやってくれっちゅうからよぉ」

ノエル子爵邸の敷地は鍛錬用に均した地面と芝生が半分を占めている。

それでも初めて見たじいちゃんの小さな庭は、季節の花や丹精された木々が計算されつくした配置で整えられていてさすがとしかいいようがなかった。一体この庭をどういじりなおすっていうんだろう。そりゃあ庭師は主人一家の指示に従うものだけどってちょっとむっとしたんだけど、整えるのは裏庭にある雑木林だっていう。

まあ？　それなら？　確かにじいちゃんも年だし手が回らないというか力仕事もかなりあるし？　ぼくは年の割に体が大きいし力もあるから役に立つしね？

雑木林の風情はそのままに枝を払って小道を作ってと、切り出した枝や均すために掘り出した石とかを運び出したり、小道に敷く板を運び込んだり。そういう作業はあんまり見られないようにするものだけど、普段おっとりのんびりなじいちゃんが、すごく真剣に奥様から見えないようにしろって何度も注意してきた。

ぼくはもう十三歳で、しかも父さんの手伝いを十歳のころからしてるんだからそのくらいわかってるよ。ていうかなんなの奥様って神経質な感じなわけ？

そんなわけでお見かけしたこともない奥様に、なんとなくやな感じだなぁとか思ってたぼくなんだけど。

「それ初めて見ます」

「わぁ！」

「えっ」

雑木林の作業が一段落した後で、今日植えるって言ってた花を前庭に運び込んでいたら急に後ろから声をかけられた。

びっくりして振り向けば、真っ赤な髪の女の子。

ぼくの声に驚いたようにぱちぱちと瞬きした瞳は見たことないくらいきらきらきれいな金色だった。父さんが大事に育ててたラナンキュラスに似てる。

しゃがんだぼくの後ろから植え替え用の花を覗き込まれて、手元の花に目を戻すと、ぼくの指先は少し震えてた。

父さんの手伝いを王都邸でしているから、貴族様のきれいな女の人たちはいっぱい見たことあるつもりだけど、でも、だって、こんなかわいい子見たことない。

「えっと、これ？」

「はい」

「んと、サントリナ」

「さんとりな。もこもこですね」

銀白色の細い葉が細かく繁って、丸くて黄色い花を咲かせるサントリナは確かにもこもこだ。かわいい。もこもこだって。もこもこだよねかわいいい。隣に並んでしゃがみこんだ女の子を横目で見ては、ずっと見てられなくてまた花に戻ってってしてたら、細くて小さな手が花に伸びて

——え？

「お爺どこですか」

「え、え、おじい、じいちゃん？」

あれ、今なんか、花ひとつなくなった……？　あれ？

「お爺です。庭師のお爺」

「んっと、ぼ、ぼくもじいちゃんはここにいると思ってたんだけど……ね、ねえ、きみ、名前なんていうの」

「アビゲイル、あ！　タバサ！　タバサが呼んでます！」

「え、ま、まって」

ぴょんと飛び上がるように立ったと思ったら駆けていってしまった。

長いスカートがひらひらと泳いでて王都邸の池にいる魚みたいだって、速っ！　めちゃめちゃ足速くない⁉　てか誰か呼んでた？　何も聞こえなかったけど⁉

「……アビゲイル、ちゃん」

多分身長がぼくよりちょっと小さかったし、同じ年くらいかもしれない。きっとそのくらい。違ってもひとつ上とかそのくらい。メイド服じゃなかったし、見習いとかなのかな。でもとても高そうな服だった気がする。

子爵様の親戚？　とか？　侯爵家は男二人兄弟だったと思うし。

ぼーっとその場で立ってたら、便所から戻ってきたじいちゃんに叩かれた。こっちに来たら駄目だっつったろって。

　気ぃきかせて運んでやったのに！

「ね、ねえ、じいちゃん、また手伝い行ってやってもいいけど」

「あー？　いやぁ、もうだいじょうぶだー」

　あれからすぐに雑木林は整っちゃってアビゲイルちゃんに会えないまま。

　学校の帰りや休みの日には、ちょいちょいじいちゃんちに行くんだけど、手伝いには呼んでくれない。

　アビゲイルちゃん、まだいるかな。もしノエル様の親戚で遊びに来てただけとかだったら帰っちゃってるかもしれない。

　でもじいちゃんのことお爺って言ってたし、ずっとあそこにいるんじゃないかなって思うんだ。

「あらー、あんた最近ずっと早起きねぇ。もう来たの」

「じいちゃんは？」

「もう仕事行ったわよー」

「えー」

　庭師の朝は早い。学校が休みでも父さんの手伝いがあるし。

それでも今日はがんばっていつもより早起きして手伝いも終わらせてきたのに。戸口にもたれかかったぼくを見たばあちゃんは、しょうがないねって鼻を鳴らした。

「クッキー焼いたんだけど、じいちゃんに持って「行く！　これ!?　行ってきます！」あっこら」

見られないようにするんだよ！　ってばあちゃんの声が追っかけてくるけど、クッキー入りの袋を振って返事にした。

ぼくはもちろん平民だけど、王都邸に住み込んでるから貴族街とじいちゃんちの一般区を分ける二の城門だって通り抜けられる。子爵邸は貴族街の端っこだけど、走ればすぐだ。

自慢じゃないけど足はそこそこ速い。

通用門のちょっと前で息を整えてから、門番さんに挨拶して通してもらう。ノエル様はすっごく強い軍人だから、前は門番なんていなかったらしい。結婚して奥様のために――いた！

通用門から入ってすぐの庭師小屋を隠すように植え込まれてる生垣を背伸びして前庭のほうを覗いたら、つやつや光る赤髪が見えた。

クッキーの袋の口を両手でぎゅっと握ってしまう。

じいちゃんとアビゲイルちゃんは花壇の前でしゃがんでる。

隣に並んでるなんてずるい。何見てるんだろ。前庭なんだよな。あっち行ったら怒られちゃうんだよな。じいちゃん呼んだら一緒にこっち来てくれないかな。

つま先立ってふらふらしつつ耳をすますと、じいちゃんのぼやーっとした声とアビゲイルちゃんの高めなのに柔らかい声が聞こえてきた。ずるい。おしゃべりまでしてる！

「お爺お爺、これ見たことないです」

それぼくも知ってるよ！　スイートピー！　それもじいちゃんが交配した新し――えっ？　なんで!?　なんで手つなぐの！

瞬きした間に、じいちゃんの手がアビゲイルちゃんの小さな手をつかんでいた。

じいちゃんそんな素早く動けるんだ？　初めて見たかも？　いやなんで手つなぐの――

「――っ奥様、それ食べちゃいかんて」

食べちゃいかんて、なに？　食べるところだったの？　え？　どういうこと？　いやそこじゃないよね？　え、なんて？

お　く　さ　ま　？

奥様って言った？　ノエル様のってこと？

いやだってぼく遠目で見たことあるけどすごく大きくて、あ、そうそう、ほらアビゲイルちゃんと並んだら大きさ違いすぎるし？

屋敷から背の高い男の人が出てきてるっていうのに、ぼくは爪先立ったまま動けないでいた。

ひょっとしたら口開いてたかもしれないけど、でも、それどころじゃなかったんだ。

長めの黒髪を緩く後ろでまとめたノエル様は、アビゲイルちゃんを片腕に座らせるように軽々と抱き上げてしまう。

ここからはちょっと離れてるけど、ノエル様が目を細めてアビゲイルちゃんに微笑んだのが見えた。え。笑った。前見たときはすごいしかめっ面で父さんと同じ年くらいなのかと思ったけど、今は若く見える。

でもでもでも、それでもアビゲイルちゃんよりずっと年上に見えるのに——

「旦那様旦那様、これは私食べたことないです」

「食べなくていいからな」

食べれないよそれ！　だんなさまって言った！

「……うそ——っひゃっ」

こっち見た！

目と目があった瞬間にぎらって音がした気がして、お尻が地面にべちゃっと落ちた。

こわっ、え、うそ、怖っ怖っ！

なにあれ‼　おとなげなくない⁉　おとななのに⁉　こわいんだけど‼

「じいちゃんが明日の朝手伝いにこいってよ」

「……んー、わかった」

「なんだぁ？　ちょーっと前まで、いらんってくらいに張り切って行ってたくせによー」

父さんはにやにやするけど、ちょっと前だなんて。去年の話じゃないか。もう年も明けた冬なのに。

あれから何度か子爵邸でじいちゃんの手伝いをしたけど、アビゲイルちゃん……奥様を見かけることはなかった。

見えないようにしてるしね？　思ったより年上だったしね？　結婚してる女の人に、どきどきしちゃうとかそんなの、いやそういうんじゃないんだけど。そうじゃないんだけど。

雪で枝が折れないように縄で支える冬囲いは、ぼくも冬が来る前に手伝った。

今回の手伝いは訓練場の雪かきだ。といっても、ほとんどは下働きや護衛たちで普段からやっている。ぼくたちが今やってるのはその隅にひたすら雪を積み上げて雪山をつくる作業。スコップでどんどん雪を跳ね上げて高い山にしていく。

荒くなった息で首に巻いたマフラーには細かな氷の粒ができていた。

片側の斜面はなだらかに長くのびて、もう片側はなんとなくふわーっと階段っぽくしてある雪山ができあがると、じいちゃんが庭師小屋からいそいそと木のソリを持ってくる。ぼくが小さい頃に父さんが作ってくれたソリと同じ。一辺が上に向かって反っていて、二つ開いた穴に通した縄が持ち手になる。……ちっちゃい子なんて子爵邸にいないはずなのにと思いつつ、じいちゃんに言われるまま、山のてっぺんから試し乗りをした。

「どうだー」

「うん、そんなにスピードも出ないし危なくないと思うし。いいんじゃ「お爺！　お爺！　それなんですか！」わ、わ、あ」

ふわふわの毛皮が袖と裾についたコート、もこもこの毛糸で編んだフード付きマントとマフラー、それからミトンの手袋で完全防寒した奥様が走ってきた。

え、着すぎじゃない？　転がりそうなんだけど？　わ、前にあったときよりちょっとほっぺがふっくらしたかも？　かわいい。なんかおねえさんなかんじすごいかわいい。奥様はじいちゃんに滑り方を教えられながら跳ねてる。なんで跳ねるの。え、かわいい。

軽いせいなのか、奥様はぼくよりも少しゆっくり滑り降りた。

「……ぉぉぉ」

自然に止まったソリの上で、大きな目をもっと丸く見開いて。

きらっきらのラナンキュラスの金。

「すごい！　しゅーって！　しゅーってすごい！」

ソリを持って山のてっぺんまでまた上がって滑り降りて、またソリを持ってと……真剣な顔なのに楽しそう……。桃色のほっぺ。汗ばんだのか額に前髪が細い束になって張り付いてる。ぼくまで汗かいてきた。

「あ！　孫！　孫もしますか！　順番？」

「ぼく!?　う、ううん、い、いいよ、じゃない、いいです！　どうぞ！」

「はい！　ありがとうございます！　お爺は⁉」

「爺は乗らんなぁ」

「はい！　じゃあもう一回します！」

孫だって！　ぼくのこと孫だって！

じいちゃんの孫だって知ってもらえてたのがうずうずして、息でさっきよりも濡れたマフラーに顔を埋めた。つめたくってきもちいい。

奥様は息切れしながら何回も何回も登っては滑ってる。もう一回って何回も言ってるんだけど？　かわいいんだけど？

「アビー」

背後から大人の男の人の低い声。

奥様が登りかけた雪山から駆け下りてきて、ぼくの横を通り過ぎるのを目で追ってしまう。ばふってノエル様の胸に抱きつく背中が見えた。なんか冷たい空気を急に吸い込んじゃって鼻が痛い。

「旦那様旦那様！　お爺が！　お爺の孫も！　とてもいいお仕事をしました！」

「――っ、ああ、ボブ爺は俺が子どもの頃にもこうして雪山つくってくれたぞ。――懐かしいな」

「まぁー、主様やロドニーが遊んでたのよりゃー低くしましたけんどもね」

ノエル様に声をかけられたじいちゃんはにっこり笑って答えてて、ぼくはその後ろに隠れてしまった。つい。

「旦那様もそりしましたか！」

「子どもの頃な」

「同じ！　お爺はずっといいお仕事をしてたので！　ご褒美がいります！」

「お、おう？」

　えっと、えっと、と奥様が手袋を外した手をマントやコートのポケットに次々にいれていって、あ！　と顔をぼくらの方に向けた。外された手袋が手首のとこでぶらぶら下がってる。手袋の紐、袖の中に通してるんだ……。

「はい！　あげます！　これは！　義母上からいただいた特別なので！」

「「ぶっふぉ」」

　取り出したハンカチ包みを開いて、両手に一本ずつ持って突き出された……サーモン・ジャーキー？　あれ？　サーモン・ジャーキーだよねこれ。

　こりゃまたいいものをってじいちゃんは恭しい感じに両手で受け取ったから、ぼくも真似した。やっぱりサーモン・ジャーキーだ。じいちゃんは肩が震えてるし、ノエル様は右手を口に当ててそっぽを向いたまま咳ばらいをした。

「ま、まあ、うん。手当はまた別にな」

「旦那様旦那様一緒に！　ソリを一緒に！」

「んー……そうか。よし」

気のせいかもしれないけどノエル様はぼくのほうをちらりと見てから、いや気のせいじゃないって！　こわ！　こわ！　なに!?

「わあああ！　ぴかぴか！　旦那様お上手です！　お上手です旦那様！」

ノエル様が口の中で何かを呟くと細かな氷の粒をのせた風が吹いて、雪山のふわっとした階段は瞬く間に幅の広いかっちりとしたものに変わった。

滑るような氷ってほどじゃないけど、しっかりと固められてるのがお日様の照り返しでわかる。

「登るときの足場は硬い方が楽だろ？　で、俺にご褒美は？」

「ごほうび！」

――抱き上げられた奥様がノエル様の額に！　う、うわ！　わ！　うわぁ……っ。

「……まー、男は大人げなくなってなんぼっちゅう時もあるもんだ。ほれ、かたして帰るぞー」

二人乗りのソリはそれはもうすごい勢いで滑って、もう一回です！　って声はさっきよりも楽し気で。

ぽんぽんとぼくのつむじを軽く叩いたじいちゃんの後を、スコップ持ってついていった。

「奥様、よろこんでたね」

「んだなー」

「またなにかつくったりするなら手伝ってもいいよ」

「おーたのむわー」

すっごい足が重い気がするし、もらったサーモン・ジャーキーはしょっぱくて硬い。

何が特別なのか知らないけど、やっぱり特別なだけあって美味しい。でもしょっぱいし硬い。

奥様は結婚してる女の人なんだし？　別にそんなんじゃなかったし？　そんなんじゃないけど。

「来年は完璧な雪山つくる」

「……ま、まあがんばれやー」

家の人が喜ぶ庭をつくるのが庭師だからなんだからな！

6 あしたのよるはねるときに タバサにほんをよんでもらおうとおもいます

王都から国境近くの遠征地まで片道十日ほどの行軍で、同盟国との共同演習は三日にわたって行われる。上層部の会合もあるし、休息日も含め滞在期間は六日間だ。行きと帰りそれぞれに予備日が振られ、全体としてほぼひと月の予定となる。

「早く帰りたい……」

「はいはいはい。遠い目しなーい。ほら閣下が呼んでますよっ」

同盟国同士の交流会で、隊長クラス以上は会場が別に用意されている。

ここにまでハイドンは入り込めないから、少しばかり気が抜けていた。さすがに寄っては来なくなったが、じっとりとした視線が鬱陶しくて仕方ない。

奴は結局この遠征を最後に退役が決まったと、以前昼食の連絡を取り次いでくれた上官づてに知らされた。胃を撫でながら晴れやかな顔つきだったから、あれはほかにも色々やらかしていたんだろう。

演習自体は例年通り滞りなく行われ、上層部の会合も特に問題なく終えたと聞いている。ロドニーの耳打ちで姿勢を正し、ウィッティントン将軍閣下の手招きに応えた。

閣下と談笑していたのは同盟国軍の幹部たちで、俺も面識がある。挨拶もそこそこに結婚を祝われた。

「去年の演習のときは何も言ってなかったじゃないか」

「私事でしたし、式もまだだったので」

「前回は将軍が参加していなかったからなぁ。後で社交界のほうから噂が流れて来てたぞ。堅物が幼な妻に堕ちたってな」

「幼く見えますがきちんと成人してますよ」

「堕ちたほうは否定しないのか」

「間違ってはいませんね」

元々仲が良好なことを示すために少ないながらも社交を行ったわけだから、望むところではある、あるのだけれど最近は少しやりすぎたんじゃないかという気がしないでもない。顔には出てないはずだが若干背中が熱い。国外にまで伝わると思わないだろう！

「奥方は赤髪と金瞳が印象的で綺麗なお嬢さんだよ。話すと可愛らしいしね」

閣下は少し口端にこらえたような笑いを見せている。

顔合わせ以降、時々様子を聞かれているのはアビゲイルの天恵や能力のことだけではなく、単純に気に入ってくれているからだろう。閣下の遠縁だからと持ち込まれた縁談というのも勿論あるが。

遠征地から王都までの往復は行軍の演習も兼ねているけれど、ドミニク殿下の依頼を受けた俺は帰途で離脱することになっている。その後押しもしてくれていた。

「ほお？　金瞳とは……さすが閣下が目をかけているだけあって、とんでもない吉兆をつかみましたね」

そう感嘆の声をあげたのは、同盟国の中将だった。

「まあ幸運だったとは思っていますが、吉兆、ですか？」

「私の出身地、ああ、ここの国境を越えてすぐの地なんですが、そのあたりでよく言われることでね。閣下のような薄茶や琥珀色とも違う金の瞳は珍しいでしょう。魔力の輝きがなければ金色にはなりませんから。それで聖獣の伝承もあって豊穣をもたらすものとされてるんです」

「聖獣の伝承とは興味深いですね。詳しくお聞きしても？」

魔王の森はロングハースト領地ということにはなっているが、俺が武功をあげた時の敵国と同盟国とうちの三国を分かつ国境でもある。公国があった時代は四国に囲まれていたことになるか。

森を囲む岩山は一国の軍が越えることはできないほどに険しく、平地に抜けられる道も我が国側にしかない。ロングハースト領都へ続くあの道だ。だから先の戦争でロングハーストは戦地とはならなかった。岩山と森があの地を護っていたとも言える。

「子どもが寝物語に聞かされるような話ですよ。岩山から下りてきた金瞳を持つ魔物は、手を出さなければ襲ってくることはない。魔物の姿をした聖獣だから畑を少し荒らしたとしても山に帰るのを黙って見送れと。そうすればその年は豊作になるってね」

◆◆◆

ひらひらの生ハムのお花が載った冷たいパスタは、うっすら緑がかっていて葉っぱやにんにくの香りがしました。しわしわのドライトマトのオイル漬けも甘みが濃くて美味しい。ひんやりつるつるって食べはじめられたのですけど、なんでしょう。

「……奥様？　少し多かったのかもしれませんね。ご無理なさらず」

「でも」

見た目はわかりませんが、いつもより量が多いのでしょうか。

苦しい気がするのです。美味しいのに。

「最近は気温も上がってきておりますし、食が進まなくなることもございますよ。料理長特製のレモン水を用意させましょうね」

「特製！」

「ええ、入っているはちみつとお塩の配分量が秘密なんだそうで」

タバサは口の前に人差し指を立てて声をひそめたので、私もそうしました。

「お腹は痛くなっていませんか。気持ち悪くはないですか」

テーブルの上をメイドが片付けていく中、タバサが自分のおなかを押さえて見せながらする質問に、大丈夫だと答えます。苦しい気がするだけです。

「お顔の色も悪くはございませんし、そうですね……主様がお帰りになればまた量も戻るでしょう」

　そういえば旦那様とご一緒するともっとごはんが美味しいですから、きっとその通りなのかもしれませんけど。

「料理長のごはんはそれでも美味しいです」

「ええ、それは料理長も喜ぶことでしょう。厨房に行かれた時にお伝えくださいませ」

「はい！」

　レモン水はきんとするほど冷たいわけじゃなくて、でも甘酸っぱくてちょっとだけしょっぱくて、するりとおなかにはいっていきました。

　タバサはにこにこと見つめていてくれます。

「すっきりしたかもしれません。やっぱりタバサはすごい」

「あらあら。作ったのは料理長ですよ」

「そうですけど、タバサの言う通りにしたら大体治るのですからすごいです。私も回復魔法はきっと使えますけど、それよりすごい」

「ふふふ。すっきりしたのならようございました……あら？　先日教わったのは治癒魔法ではありませんでしたか」

　治癒魔法が治すのは怪我だけですけど、回復魔法は怪我以外を治します。だから回復魔法の方がずっと難しいって教わりました。

「そうですけど、多分できます。治癒魔法と同じ人間のルールなので」

「ルール、でございますか」

「はい。私は元魔王ですから魔物のルールで魔法を使いますけど、もう人間ですから人間のルールもきっと使えるのです！」

「あらまあ、それはお得でございますねぇ」

「おとく」

あら？　お得でしょうか。タバサはにこにこしていますし、そう言われてみるとお得かもしれませんけれども。

「……違いましたか？」

「人間は魔物と違うルールを覚えちゃったので、森では暮らせなくなりました。だからもしかして使ったら森に帰れなくなるんじゃないかと思うんですけど」

それはお得でしょうか。タバサはにっこりのまま動かなくなりました。

もう一口レモン水を飲んでもまだタバサ動かない。

「どうしましたかタバサ」

「お、おお奥様、帰られる予定がございますか？」

「森にですか？　ないです」

この間行ってきたばかりですし。

「そうですかー！　ああ、そうでございますよね！　そうですともそうですとも！」

はああって大きく息を吐いて、お胸を何度も撫でおろしています。どうしたのでしょう。わかりませんけど、タバサの背中を撫でてあげます。

そのままタバサはまた動かなくなって、何かをずっと考えているようでした。

レモン水を飲み終わった頃に、やっと顔を上げたと思ったら私の手をとってとんとんしてくれます。

「奥様、もし治癒魔法や回復魔法を使われるのであれば、よくよくお考えくださいませね。けしてわたくしどもの些細な傷や風邪などでお使いになりませんよう」

「……でも」

「タバサのお願いでございます。わたくしどもはもともと滅多なことでそのように希少な魔法を受けることはございません。つかいどころは、是非よくよくじっくりとお考えになってからにしてくださいまし。そう、主様と相談するのもよいかと思います。どうぞタバサと約束してくださいませ」

何を相談するのかちょっとわかりませんけど、タバサがうるうるだから頷きました。

◆◆◆

共同演習地がある領とロングハーストに挟まれた飛び地が、元公国である王領だ。

次々と天災に襲われ、大公は民を見捨てて真っ先に逃げ出したという。

　残された地を王領として取り込んだこの国は、ロングハーストの時と同様に土地に関する資料を持ち出した。それらは今ドミニク殿下がこっそり調べている禁書庫にあるらしいが、当然それがすべてではない。

　残されたものもあるはずだからと、最低限の手入れはしつつも今は閉鎖された城に立ち入って調べるよう依頼を出してくれた。

　続く災害の対応に追われて人手不足な殿下にとっても、内情のわかる俺を使えるのだからお互い悪くない話だ。

「ロングハーストを復興させるためとはいえ、二百年前の資料に意味があるとは思えないけどねえ。でもまあ、王族の依頼を無下にもできないし、君のことだから奥方のためでもあるんだろう？　――いや、聞きたくない。聞かないからね」

　演習地から王都への行軍二日目の野営地で、ふらりと俺とロドニーの天幕を訪れた閣下は答える隙も与えずに、ひらひらと手を振った。

　ロドニーが淹れたコーヒーの香りを堪能しながら一息ついて、言葉を続ける。

「君に縁談を持ち込んだ少将ね、ああ、退役したからもうただの男爵か。派閥なんてものは煩わしいばかりだけど、まあ、組織である以上避けようもないことだし、彼もそれなりに気の回る男だと思ってたんだが……。ジェラルド君、遠縁ながらも私と縁続きになることで派閥の安定を図り、ひいては私のためになるのだと持ち掛けられたんだろう？」

「……軍内の情勢から言っても間違いではないと判断しましたが」

当時俺は結婚なんぞに大したこだわりも興味もなかったし……なんだいきなり今更何をそんなと身構えた俺に、いやいやと好々爺の微笑みが向けられた。

「間違いではないよ。私も君との縁が強くなるのは望ましかったし、彼とも長い付き合いだった。ただね、何故それがロングハースト家の次女だったかっていうところに他の理由もあったようなんだ。彼はそこそこ高い役職から定年で退役したけれど、それにしたって退役直後は随分と豪遊していたと聞いてね、先日会ってみたんだよ」

「……元々縁談は養女のナディアが相手だったところを、当の本人が拒絶して妻に回ってきたと聞いてますが」

確かにアビゲイルはそう言っていた。

ナディアはどこからどう見ても伯爵にそっくりだったが表向きの直系はアビゲイルだけだ。普通ならナディアが家から出されるところだが、それを本人が拒否して冷遇されていたアビゲイルにあてがったというのはあり得ることだと思っていた。

「伯爵家の中でどういうやり取りがあったかはわからないけどね、実際は伯爵が表に出さなければどこでもいいから次女の縁談をと、魔法学校生時分の伝手を頼ったらしい。結構な礼金を積んでまでね」

「……は？」

「だから社交嫌いの女嫌いで有名な君に話を持っていったのだと悪びれなく言っていたね。さっきの話の通り情勢的にもちょうどよかった。彼は多方面にいい顔をしたまま小遣いも稼いで勇退だ。現場を退くと勘も鈍るものなのかねぇ。私がわざわざ話の水を向けた理由に思い至らなかったようだよ」

「伯爵は何故そんな……」

　アビゲイルから聞くロングハースト伯爵は影が薄い。

　もともとロングハーストの面々にあまり興味を持っていないし、されたこともごはんをくれなかっただけくらいにしか思っていないからだ。アビゲイルにとってはこちらから聞かなきゃ話さないような日常のこと。そんなものでも義理の母や姉より実父のほうが話に出てこないのは、それだけ関わりが少なかったのだろう。

　だが実娘への扱いを放置していたくせに、領主の仕事のほとんどを丸投げしていたのだからクズに変わりはない。アビゲイルのために縁談を組んだわけじゃないはずだ。

「条件を忘れちゃいけない。表に出さなければどこでもいいから、だ。追放とか厄介払いの類いだろうこれ。君の奥方は確かに私の立場からは厄介な部分があると言えるけれど、実の父親にそんな扱いされていい娘じゃないよね」

　不快気に鼻を鳴らす閣下には、アビゲイルが領地経営にどれだけ貢献していたかを詳しく話していない。けれど伯爵の実娘に対する非道に憤ってくれている。

「まあ、今は君のところで存分に可愛がられてるから、かえって良かったと言えるけれど」

「――っんん、え、ええ、それは、もう」

「伯爵はね、あんなことになったのだから報いを受けているとしてもだ。縁談を持ちかけた男爵は気に入らない。それなりとはいえ評価していただけに余計にね。特に規定違反なわけじゃないが問題があることを伏せたまま、私や君を利用して小銭まで稼いだんだ。退役したからといって私が手出しできないと思ってもらっても困るし……私に任せてもらっていいね？」

「あ、はい。よろしくお願いします」

それ以外の返事はあり得ない流れに乗って応えれば、閣下は満足気に頷いてにやりと口の端を上げた。

「で、医務院を奥方に見学させたらしいけど、やらかしてないだろうね」

「そこは大丈夫です。見学しかしてませんので」

「ハイドンとの仲を疑う奥方を宥める口実だったというのは」

「なんですかそれ！　ロドニー！」

「――っ、ま、まあ害のない些細な噂で、す、し」

「ははははっ、あの奥方がそんな勘繰りをするとは思えんかったが、やはりガセか！　……本当に治癒や回復魔法は使えないんだよね？」

ひとしきり笑ってから、すっと真顔になって問うのは警告の意味もあるからだ。

閣下にはアビゲイルが魔法に関してただならぬ能力があることを見逃してもらっている。重宝される治癒魔法まで使えるのならば、知らせておけということかそれとも黙っておけということか。

「……試そうとはしてませんでしたね。試す気もなかったようです」

いつもであれば俺に見せようと張り切るところなんだが、ほんの少し首を傾げてから「やっぱりにんげんとはルールが違う」とだけつぶやき、それっきり治癒魔法への興味を失ったようだった。そもそも入隊資格《身長制限》を知ったせいもあるか……。

アビゲイルはアビゲイルなりにしきたりやルールを守ろうとするけれど、時々俺にはよくわからないルールを口にすることがある。

そしてそういう時は大抵、金色に魔王の気配をにじませているのだ。

以前、魔物と人間は違う場所に住んだほうがいいとアビゲイルは言っていた。

その踏み越えてはいけない一線のような気がして、俺はいつもそれ以上の追求ができないでいる。いや聞けば身振り手振りを交えて教えようとしてくれるだろうとも思うし、唐突に説明されたりもするんだが。

「ふぅむ……なんにせよ、私も年だからね、奥方を隠すための伝手はいくつかあったほうがいいだろう。ドミニク殿下は悪くない線だ。売れる恩は売っときなさい。それに急げば予定より早く王都に帰れるだろうしね」

明日の朝早く、俺とロドニーは行軍から離脱して元大公が住んでいた城へ向かう。六百人を超える大所帯の移動より、距離的には遠回りであっても俺とロドニーだけで馬を駆けさせるほうが断然速い。

しっかりねと閣下は俺の肩を叩き、自分の天幕へ戻っていった。

◆◆◆

ロングハーストから連れて帰ってきた桑の木の枝は、お爺がしっかり根付かせてくれました。てっぺんあたりの葉っぱ二枚だけになった枝は、大きな鉢に挿されて食堂にある出窓《ベイウィンドウ》の窓台に置かれています。

冬になったら裏の林に植え替えてくれるから、それまではこうして私がいつも見ることができて、お爺が手入れしやすいところに置いてくれたのです。

朝ごはんのポテトパンケーキは、外側がカリッとして中はもっちりでした。まだりんごの形がほんの少し残るくらいの歯ごたえがあるりんごソースを載せるともっと美味しくなった。スプラウトとにんじんのサラダもしゃりしゃりしてるし、プラムジュースだってほっぺがきゅってなって美味しい。

特別な日じゃないから、今日も朝ごはんを一人で食べました。

もうちょっとだけなら食べられるかもしれないっていつも思っていたのに、なんだか最近はそうでもないです。だけど料理長もタバサも、私のおなかが痛くならない量をちゃんと決めてくれているのですから、これが今はちょうどいい量になったのだと思います。

朝ごはんを食べ終わって食堂を出るときに、窓際の桑の木が目に入りました。瑞々しい二枚の葉っぱが、手を振るようにさわりと揺れます。お爺はすごいでしょう。おまえもがんばるといいです。

　旦那様はドリューウェットの交易事業の一部をお手伝いしています。王都とオルタの間で取引するものを選んだりとか手続きとかそういうのです。

　私もお勉強中ですけど、流行というものはまだちょっとよくわかりません。でも私が食べてみたいものとか好きなものを旦那様は選んでくれたりします。

　旦那様がお留守の今は、事業の帳簿とか記録を確認するイーサンのお手伝いをすることにしました。この旦那様の執務室に、私の机も入れてもらえたのですから。

「イーサン、この日に届く予定のこの荷物、多分遅れます。んと、ここ、この辺りの山道が雨でぬかるんでるので」

「なるほど、ではそれに合わせ調整しましょう」

　すちゃっと出てきた地図を指差すと、イーサンはさっとメモを書いて、執務室の外へ声掛けしました。顔を出した従僕にそのメモを渡していくつかの言付けをします。

　旦那様の机より一回り小さい私の机の上にずらりと並ぶ、色んなペーパーウェイトを並べ替えてみました。

　ガラスの小鳥だったり、鋳物のトカゲだったり、見た感じより重たい木彫りの熊だったり。中にお花の入ったクリスタルは、私の手にすっぽりちょうどよく収まります。

どれも左手側から差す陽射しを反射するほどぴかぴかで、透明なものは透かすと机の上に丸い虹ができるのが楽しい。

旦那様は私が好きそうだからって揃えてくださったのです。

時々一個だけ隠して宝探し遊びもします。匂いがしないから探すの難しいはずなのに、旦那様はすぐ見つけちゃう。


イーサンのお手伝いが終わったので次は厨房を見る番です。

廊下を歩いていたら、窓から訓練場で作業をしているお爺とお爺の孫が見えました。作業？　何をしてるんでしょうか。ぴしっと均された地面に長方形の石を立てて並べています。あれはこの間まで花壇を縁取っていた石？　そういえばそろそろ花壇を組み替えるとか言ってました。

しゃがんだお爺たちが真剣な顔をして立てた石は最後のひとつだったのか、ぱあっと笑って孫が立ち上がりました。奥様呼んでくるって叫んだ孫と目が合うと、孫は驚いた顔をしてから両手を振りましたのでそっちに向かうことにします。

「奥様、扉から出ましょう」

後ろについてきていたハギスが、開けた窓を掴んで止めたので窓枠にかけようとした足を下ろしました。お行儀をうっかり忘れるところだった。

お爺の孫は十三歳だと言ってたのでまだちっちゃめの人間です。今の私よりは少し背が高いですけど、おいものあの子もこのくらいの背のときがあったと思います。魔王の私は大きかったので、もっとちっちゃく見えてましたけど多分。

　近くに来てみると、並べられた石は思ったよりたくさんありました。

　等間隔に立つ石はらせんのようにぐるぐるして大きく渦を描いています。ところどころ斜めに置かれた板や丸く磨かれた小さな鉄球が据えられていました。

「奥様どうぞ！」

　お爺に教えられた通りに長い棒を持って孫の元気なかけ声に合わせ、らせんの一番中心にある石の上の部分あたりに棒の先をコツリと当てます。

　倒れた石は、次の石を倒して、またその石が次の石を――。

「わあああああ！」

　孫と一緒にぱたぱたぱたぱたんと次々倒れていく石の波を追いかけて走ります。すごい！　あ、板跳ねた！　転がった鉄球がまた次の石を倒した！　すごい！

「すごいでしょう！」

「すごいです！」

　石の道は訓練場の横にある生垣の下をくぐっていきました。見えなくなった！

「奥様ぁ、空をごらんくださぃー」

　生垣を回り込もうと横手に走り出す私を、お爺の声が止めます。

　その声の通りに見上げると――。

「うわぁあああ！　虹でました！」

この向こうには散水栓があったはずです！　確かそうでした！　高く吹き上げられた水しぶきがきらきらと日の光をはじきます。

「すごい！　すごい！　旦那さ、あ、いませんでした……」

楽しくて跳ねてるうちに、つい旦那様を呼んでしまいました。

すごくすごく楽しかったのに、お胸の中がしゅんとした気がします。

だけど、お爺は旦那様がお帰りになったらもっと長いのを作ると言ってくれましたので、そのときは私もお手伝いしたいと思います。石を上手く立てる練習もしましょう。

◆◆◆

馬を駆けさせて半日ほど。

王都より夏の訪れが早いこの地域では、夕刻といっていい時間なのに陽射しの熱が引かない。

目的地に到着しても周囲はまだ明るかった。

「……最低限の手入れがしてあるって言ってたよな？」

「崩れないよう補強はしております！」

「認識の相違ー？」

あまり特徴のない面構えを力ませて主張する王領管財人に案内された城は、岩壁から削り出したかのように半身を土石に埋めている。

規模としてはドリューウェットの城より小さい。けれど精緻な飾り彫りがされたバラ窓の名残がある尖塔は、大公が権勢を誇っていた時代もあったのだと思わせた。

アビゲイルはよく頭の中で思う距離と地図が違うと言うけれど、それはそうだろう。実際の距離や方角は人間が少ない地域ほど地図とは差異が出てくるものだ。

この地も王家が管理しているものの、旨味のなさゆえに手がかけられているとは言い難いし住人も少ない。こうして直接来てみれば、城のある場所は地図上よりもずっと魔王の森を囲む岩山に近かった。

「元々麓《ふもと》にあったんですかねー？　いやそれにしたって」

「あの頂上まで登って見下ろせばはっきりするだろうが、城が岩山に近いんじゃなくて、岩山が城に近いんじゃないかこれ……山と言うには高さが城よりちょっと高い程度だから地図に載らないのだってわからんでもない」

管財人が住む町を囲む畑や牧草地から少し離れたところに位置する城は、切り立った崖に抱き込まれている。それは魔王の森がある方角から、まるで大剣を突き出すように伸びていた。

「土魔法で岩壁を隆起させたみたいですよね」

「人間技じゃないでかさだけどな」

「やだなんかちょっと怖くないですー!?」

「俺もなんだか深く考えたくなくなってきたけど……どうする。資料どころか、これ立ち入ることも危ういぞ」

森を囲む岩山は魔王の時代にはなかったとアビゲイルは言ってなかったか。囲むほどの大きさではなかった、だったか。竜が棲む岩山はあったんだよな確か。

ロドニーと若干呆然としながら見上げていると、管財人が恐る恐る声をかけてきた。

「公国時代の資料、ですよね？　当時城から持ち出されて王城へ運ばれた以外のものを収めた資料庫は別にありますが」

「ああ、そうなのか。ここから近いだろうか？」

「役場庁舎に併設されています。その、まずは城をとのことだったので」

「いや、こちらがそう頼んだのだから問題ない。気にしないでくれ。この時間なら役場庁舎はどちらにしろ開いてなかっただろう？」

「ええ、はい、いえ、勿論資料庫の鍵はいつでもお渡ししますが、よろしければ是非我が家でもてなしを――っ」

急にやる気を漲らせた管財人の声にかぶせるように、城や岩山よりずっと遠くから足元を揺らさんばかりの唸り声が響き渡ってきた。

とっさに身を翻して剣を構えた俺たちに、たった今その音で飛び上がった本人が「ああ」と抜けた声を上げる。

「驚きますよね。岩の隙間に風が抜ける具合なのか、時折響くんですよ。年に一度あるかないかくらいなんですが」

ロドニーと無言で目を合わせると同時に、お互いの顔が歪んだのを認めた。

絶対聞いたことあるぞあれ！　あいつだ！　あの竜だ！

滞在して二日目、北西の空で地平線にどんよりとした影を落とす黒雲は、俺たちが着いてから日が明けた今になってもその位置から動かない。

朝食後早々に資料庫で作業を始めた俺たちは、埃で薄汚れた手を軽くぬぐって北向きの窓の外を眺めながら一息ついていた。閉めた窓枠がカタカタと揺れる。

「あのあたりでしたよねー」

「あのあたりだろうなー」

予想より近かったのは岩山だけじゃない。ロングハースト領も驚くほど近かった。

止む気配を見せないという豪雨は、あの雲の下に降り注いでいるのだろう。

この王領とロングハーストの間には川や山があるわけでもなく、明確な領境がない。まばらな林が平地にぽつぽつとあるだけだ。住民も少ないから、役場庁舎があるような中心部のここからですら、町の外に広がる地平線を見渡せる。

――カタッ――カタカタ

「……こっち側はずっと雨が降ってないそうだぞ」

「……あちら側とは領民同士も今はほとんど交流ないっていうか、何かの取引とかで関わるたびに揉めてってのを繰り返した結果みたいです。めちゃくちゃ嫌われてますよ。あっちの領民。だからなのか、今あちらがあんな状態でも気にしてない感じですねー」

　昨夜、俺が管財人家族にもてなされている間、ロドニーは使用人たちの話をそれとなく聞いて回っていたらしい。

カタッ

「……なんか昔からあちら側に関わるなって伝えられてるってのもあるらしいんですけどー、そっちははっきりした理由が出てこなかったですね」

「関わらないにこしたことがないのは正解だが……噂に踊らされるばかりなのはどこでも同じってことか。その辺は俺も偉そうなこと言えないが」

「まあまあ、主は笑えるほどすぐに改めたでしょー」

アビゲイルを迎えたときの愚行は思い出すたび、いちいち羞恥で悶えそうになる。ロドニー、その手のひらくるくる返して笑うのやめろ。

　窓枠の鳴る音がひっきりなしに響いている。

「……それに関わることもなければ理由なんて気にしなくなって当たり前だとオレは思いますね

ー。そんな暇ないですよ普通。関わるのなら話は別ですが」

「……まあな。管財人は城から派遣された人間だから、興味本位で少し調べたらしいって」

カタカタカタッ

「ほんっとうるさいな！　なんだあいつ！」

「やっぱあれオレらを呼んでる気がしてならなくないですー？」

管財人が年に一度あるかないかだとか言っていた岩山を渡る風の音は、地を揺らす低音から窓枠をガタつかせる高音まで音階を変えて繰り返し響き続けていた。

なんだってんだ一体！

◆◆◆

去年の聖夜祭に旦那様からいただいた金剛鳥のぬいぐるみを、ぎゅっとして一緒にお布団にはいりました。いつもはたくさんある枕に挟まってるのですけど、遠征に行ってしまっている旦那様の代わりです。

もこもこであたたかい。昼の間はもう暑いくらいのこともありますが、まだ夜はひんやりしてるからちょうどいい。

タバサが首元までお布団をかけてくれてから、おやすみなさいませと部屋を出ていきました。

お留守番をはじめてからもう三週間になります。

リックマンをお招きして裏庭にある野苺を一緒に摘んでからお茶会をしました。初めて私が主催したお茶会です。ちゃんと子爵夫人らしくできたと思います。

今夜だって寝る前にイーサンと屋敷の戸締りを見て回りました。イーサンが鍵をかけて、私はそれを指差して確認します。屋敷を守るって旦那様と約束したのですから。


目を閉じてから金剛鳥に顔を埋めて、出発前に旦那様が指差してくれた方角へと意識を向けます。


どんなに遠くたって、魔物やお天気とかならわかりますのに。

ロングハーストの領都くらいなら、旦那様がどこにいるのかわかりますのに。

にんげんが住むところを進んでいく旦那様は、もうどのあたりにいるのかわからない。

だから旦那様がいるはずの方角にある森や山を見ていました。

どこの魔物もそこのボスの言うことをちゃんと聞いている。大丈夫です。

予定通りなら今頃は王都への帰り道のはずです。どのくらいまで近づいたらわかるでしょうか。

一番外側の城門くらいならわかる気がするのですけど。

金剛鳥もお布団もふわふわもこもこであたたかい。

なのになんだか体の真ん中がすぅすぅします。

冬の森の泉で春を待っていたときよりずっとあたたかいのに。

春になったらあの子が来てくれるって、冬が来るたび私はそう思いながら待っていました。

旦那様はあの子とは違います。

それに旦那様のおうちはここですので、だから旦那様は必ず帰って来てくれます。

ここにはタバサもイーサンもいます。お爺はにんげんのつくったお花を教えてくれて、料理長はにんげんの美味しいごはんをつくってくれます。

あの頃とは違うのを、私はちゃんと知っています。

ここにいるにんげんは誰も私に嘘をつかないし、私をやっつけにきたりしないのです。

赤子の靴下や手袋はたくさんつくって刺繍で飾るのもしました。

よく考えてみると人間の妊娠期間は十か月くらいだって習いましたから、生まれるのは多分冬です。タバサの言う通りまだまだでした。収穫祭にまたきっとドリューウェットに連れて行ってもらえますけど、その頃でもまだ生まれていない。

人間の赤子は生まれたばかりだと自分で寝返りも打てません。私もそうだった。長いことおなかにいてやっと出て来られたのに、ちょっとも動けなくてびっくりしたのを覚えています。確かその頃は別に靴下も手袋もしていなかったと思いますが、きっと春だったからです。ステラ様の赤子は冬に生まれるから手袋と靴下はあったほうがいい。

　裏庭に出してもらったガーデンパラソルの下で、お爺が整えてくれた林の梢を見上げます。きらきらと日光を白く反射する葉裏は、旦那様が遠征に出発した日よりずっと眩しい。夏になったら泳ぎを教えてくださる約束を、前に旦那様としました。

　お帰りになったらもう夏ということでいいでしょうか。

「奥様」

　振り向いたら、タバサがリックマンを連れて来ていました。その後ろには大きな本を何冊か持った従僕がいます。

　今日はリックマンとお気に入りの本を見せ合う約束をしていたのです。

　私のは海の動物百選で、もうテーブルに載せて準備してあります。これは私でも持てる重さで手触りもつるつるしてるし、何より絵が本物みたいでとてもいい。

　前にご招待をしたときは招待状の封筒の隅にクレヨンでダンゴムシ《ロリポリ》を描いたのですけど、リックマンはちゃんと足が十四本ありますねって気がついてくれました。イーサンだって知らなかったのに。

　虫が好きなリックマンはきっとすごい本を持ってきてくれたに違いありません。

「すごい！　馬は畑も耕せるのですか！　はたらくうま！」

「い、芋を掘り起こして、収穫したり、も、しますね」

リックマンが見せてくれた本は、人間が交配してつくりだした馬が色々と載っていました。大きいのも小さいのも色々です。鉱山で働く馬は小さくても力持ちな馬だそうなんですけど、ロングハーストの鉱山にはいなかったと思います。直接行って見たことはないですから多分。

私は牛や馬など、人間と長く一緒に暮らしているような動物のことはよくわかりません。

お爺が育てている花や木のことをよく知らなかったのと同じです。

前に食べたハギスの羊も、魔山羊と羊を交配して人間がつくりました。元は魔物でも、そうなると私にはもうわからない生き物になってしまう。

ロングハーストの別棟に閉じ込められていたカガミニセドリたちも、もしかしたらそうして違う生き物にされる予定だったのかもしれません。だけどあの子たちは違うものになんてなってなかったし、嫌がっていました。

「リックマン、魔山羊と交配した羊って知ってますか」

「は、ははい、お、おお美味しいですよね。普通の羊よ、より病気に強くて育てやすい、と」

「魔山羊をどうやって連れて来て番わせたんでしょう」

「ま、魔物は連れてく、くるの大変です、から、ここ根気よく餌付け、したり、羊を魔山羊のな、縄張りあたりで、放して番うの待った、り、したようですよ」

　やっぱり違った。あの子たちはおなかをすかせていましたし。


「よ、予定では、ノエル様もそろそろお帰りですよ、ね。おおお落ち着きましたら、こん、今度は図書館、にご一緒、しましょう」

　リックマンにお爺のクッキーを分けてあげて、タバサと一緒に門までお見送りをしました。馬車の中から手を振るリックマンに手を振り返します。

　門からは出ません。お外に出ない約束をしていますし、門を出てすぐ、リックマンの馬車が走り去った道路の向こう側に隠れているにんげんがいますから。

　義母のブリアナいれて五匹です。


　変な人が来たら旦那様の後ろに隠れるって約束をしていました。

旦那様は遠征中だからいざというときはイーサンの後ろに隠れなさいと言われてたのですけど、イーサンは今屋敷の中にいます。

　門にはいつも護衛が二人交代で立っていて、今日の当番はハギスと前に胡桃を割ってくれた年長の護衛です。二人が鋳物門扉をがらがらと引いて閉じかけたとき、向こう側からブリアナが男を二匹つれて走り寄ってきました。

　多分ブリアナは変な人……で、いいはずで、でもこれはいざというときでしょうか……。そう考えているうちにタバサが私の前に立ちました。

　ブリアナに気がついた護衛の二人は急いで門扉を閉めて、柵の隙間から突けるように槍を構えます。鼻先で締め出されたブリアナは小さく舌打ちをした後におすましをしました。足遅いのに。

「控えなさい。そこの娘は仮にもこの家の夫人でしょう。私はその母なのよ」

「柵から離れろ」

　ハギスが低い声で静かに答え、門扉の鉄柵を握るブリアナの手を槍で叩くふりをします。胡桃の護衛の槍は後の二人に向けられていました。

「奥様。あれがロングハーストの？」

「義母です！」

　そうですか、と振り返らないまま頷くタバサの声もいつもより低い。

「アビゲイル。ねえ、話があるの。ここを開けるよう言いなさい」

「我が主よりロングハーストの者は取り次がぬよう命を受けております。お引き取りを」

　私と話すとき、タバサはいつも落ち着いた柔らかい声です。

　でも今は張りがあってよく通る声でブリアナに告げました。タバサの後ろに隠れるようにとは言われていないので、ぴんと伸びた背すじの横からちょっと覗いてみます。

　久しぶりに見たブリアナは、なんか汚れてました。いつもお飾りとかいっぱいつけて重そうだったのに、それもありません。

「……使用人なんてつけてもらってるのね。援助を頼んだときは断ったくせに」

ブリアナも首を伸ばして私の顔や服をじろじろと見ています。前に夜会で義姉《ナディア》がしていた目つきに似ていました。義姉の顔は伯爵の方に似てたのですけど、改めて見るとやっぱりブリアナにも似ています。

「えんじょ」

「断ったでしょ！　だからあの人があちこち駆け回って結局野垂れ死にしたんじゃないか！」

あの人とはきっと伯爵のことでしょう。

狂乱羊《マッドシープ》が穀倉地帯を荒らしたのを支援してもいいけどどうする？　と旦那様が聞いてくださったときのことだと思います。

確かに支援はしなくていいと答えました。だってもう私のお仕事じゃないと思いましたし、ごはんくれないですし。

「全く……使いこなせばいいだけのことを、馬鹿みたいに怯え続けたあげく勝手にあんたを外に出したりするからこんなことに」

「伯爵が自分で決めたお仕事で、狂乱羊のスタンピードを防げなかったのだから仕方ないです」

ボスはなんでも決められるけど、失敗したら群れから追い出されたり殺されることだってあります。それは人間の群れだって同じだと習いました。伯爵は失敗したのです。

「あんたの父親だよ!?　血縁の情すらもないなんて、これだから魔も「叩きのめしなさい！」えっ、ぎゃっ」

タバサの鋭い声の指示にハギスは槍をぎゅんと振って石突《いしづき》でブリアナの手元を柵ごと叩き、がつんと重い音があがります。

「ここはノエル子爵邸ですよ！　平民が貴族の屋敷前で騒ぐなど、分を弁えないのもほどがあります！　衛兵所に突き出しておやり！」

胡桃が呼子笛を吹き、ハギスが槍で牽制しながら門を開けかけたときには、もうブリアナは他の二匹に引っ張られて通りの向こう側にいました。

物陰に飛び込んで、姿を見せていなかった残りの二匹と合流したようです。さっきより足速かった。

7 やくそくはちゃんとまもれます

閣下が言っていたように、二百年以上前の資料など今起きているロングハーストの災害で役立つことはないだろう。その対応は専門の文官たちがもう行っているし、彼らは優秀なのだから。必要となるのは、これから先の統治に向けてのことだ。問題はあの土地の特殊性と領民の異常なまでの排他性で、最終的には武力で押さえつけることになるとしても、今後管理する上でその理由がわかるにこしたことはない。

何せ王族のいる場に石を投げるような無知さと凶暴さを兼ね備えているし、派遣されている文官たちの身の安全にも関わる。

領主館には普通あるはずの領の歴史を綴ったものも見当たらず、村もすでにいくつか消えた。近隣の領主にも情報を求めたそうだが商取引以外の交流がほぼなかったらしい。それはこの王領でも同じだが、公国時代に何かあるかもしれないというわずかな可能性を浚いに来たわけだ。まあ、あるかもしれないとドミニク殿下の耳にいれたのは俺なのだけど。

竜が荷車ごと蹴り殺す前、贄どもを森へ捨てに行く途中でのこと。

生まれ故郷では森の魔物や植物を調べて利用するのは当たり前のことだったと、元筆頭補佐の男爵は言っていた。

それをロングハーストの中で担っていたのが、この大雨で沈んで消えた地図にない村だ。

奴が思いつくままに並べたてた口上では所在がわからなかったものの、後で調べればわかるだろうと高をくくっていた。まさか地図にないとは思わないだろう……。リックマンがブリアナや男爵の生まれた村を突き止めたことで繋がって助かった。


隠された村は、ロングハースト領都とこの地の中間地点にある。

魔王を討伐した勇者を派遣したお城がここなら、村を通過したかもしれない。当時なら他国に兵を派遣したということになるんだが、王都はそれなりに遠い。

うちの王家が把握していないということは、それは内密に行われたものであり、資料もまだここにあるはずだ。

「と、思ったんだけどないな！」

「主のこの手の勘が外れるのも珍しいですよねー」

昨日の朝から資料庫を総ざらいして翌日夕方の今、その村を示すものは見当たらない。

ただ、実り豊かな土地であったらしいのに、より豊かなロングハーストを狙っていたのがうかがえた。やたらと向こうの畑の出来やいくつかの村の人口まで間者使って調べているのは、まあ、そういうことだろう。

「とりあえず殿下への手土産はこの偵察資料で手を打つか……リックマンあたりが見れば何か突

き止めるかもしれんし」

「ですねー……で、どうします」

「どうするってどうもならんだろ」

「ずっとですよ。ずーっと！　ほぼ丸二日鳴いてんですよあいつ！　主ほんとは気になってんでしょー？」

「うるさいんだから気になりはするだろそりゃ！」

「管財人も住民が不安がってるってちらちら上目遣いしてきてたじゃないですかー」

「風鳴りだって自分で言ってるのになんで俺に言うんだろうな……ただの軍人一人に岩山をどうしろってんだ」


それでも気になってしょうがないのも正直なところで。

明日の朝には王都へ向かうが岩山の方を通って様子を見てみると管財人に伝えれば、満面の笑みが返ってきた。

「いやー！　武勲輝かしいノエル様に見ていただけるとは助かります！　もうここの住民みんな岩山の向こうに行くと呪われるだとか、神の怒りに巻き込まれるとかで怯えちゃってしょうがないんですよ！　なんだか魔物使いがいるだのなんだのとかで！」

「それ詳しく頼む」

そういうのだよそういうの！　早く言ってくれよなあああ‼

昨夜は管財人からも、使用人や町民からも話を聞いた。

人によって細かなところは違えども大まかな筋が一致するそれは、やはり親から子に伝えられる物語のようなものだった。ロドニーが聞いて回ったときは、王都という都会の人間に話すにはあまりに子どもじみた迷信みたいなものだから気が引けたのだとか。少し苛ついた。


岩山の向こうに行くな。岩山の向こうの人間に関わるな。あれは人の皮をかぶった魔物。

ロングハーストの伝承と同じ語り口で、物語は警告から始まる。


まだ岩山がなかった頃。

緑豊かな深い森にはあらゆる魔物が跋扈していて、少し腕に覚えがある程度では立ち入ることができなかった。

ところが農夫がやすやすと森に入り、魔物に食われることもなく、熟しきった果実や肥えた川魚を採ってくる村があるという。

その地はいつでも豊かだ。

その地は魔物に襲われない。

その地では豊穣を羨んで訪れたよそ者をあざ笑う。おまえたちとは違うのだと。
時には火矢を放って追い出した。魔物までもが森から出てきて追ってくる。

この国の強欲な王は、その豊かな土地を隙あらば手に入れたいと狙っていた。
あの地に住むのは魔物と手を組んだ者。
だから魔物に贄を捧げる。だから魔物に襲われない。
我こそはと名乗りをあげよ。人の道から外れた者を討伐せよ。
夏に向かった兵たちは冬になっても帰らない。
そして骨が痛むほどに寒いよく晴れた日、幾千もの雷が落ちた。
みるみるうちに空を黒く染めた重い雲。
真横から叩きつけてくる氷の粒が何もかもを薙ぎ払う。
凍ることのできぬほどの勢いで川は溢れて。
地が割れては畳まれ高さを増して現れた岩山は、剣となって王の城を突き刺した。
あの岩山は魔物と人の境界線。岩山の向こうに住むのは人の皮をかぶった魔物。
手を出したなら呪われて、何もかもを奪われる。

そしてまた、岩山の向こうに行くなと繰り返されて物語は締められる。

どいつもこいつも反省ってものを知らん話だが、ロングハーストの奴らがこの地では魔物扱いされている皮肉に笑った。

しかし火矢ときたか。魔物が追う火ときたらあれだよな。あれだろうなー。


大小の岩と瓦礫に飲み込まれた城は、一階部分はほぼ埋まっているから当然中に入ることはできない。埋まらず晒されている窓部分から入れないこともないが意味はないだろう。

「いくら思ったより近かったと言っても、さすがに鳴き声届きすぎだと思うんですよねー」

「だなー。ボスは縄張りの森から出られないって話だし」

「あー奥様、ピヨちゃんのことをそう言ってましたもんね」

「おう。……いや、でも、この間は、あいつ領都に向かってたよな？　出ないだけで出られないわけでもないのか？」

「オレに聞かれても」

まずは登って向こう側を見渡してみるかと、馬と荷物を麓に残し岩場を飛び越えながら頂上を目指した。

小さめの城より少し高い程度の山とも言えない山だし、身体強化を使えばすぐにたどり着ける。けれどその間も鳴き声は止まず、時には振動で崩れる石にひやりとした。

いやいやどう考えても近くにいるなこれ。

まっすぐに森を囲う岩山へと連なる峰は幅も狭く、まるで巨人が両手で砂をかき寄せて遊んだかのようだった。両脇には草の一本も生えていない荒れ地が広がっている。あの竜どころか人ひとりだって身を隠せる場所などない。

ならばどこだと思った瞬間に鳴き声がひときわ大きく響き、僅か数歩先の岩がぼこぼこと崩れだす。

「ぉおおおっとおお！」

「あっ――――っぶなあああ！」

お互いの肩を掴みあい、崩れ落ちる土石にとられかけた足で後ろへと跳んだ。

「……穴が空いたな」

「空きましたね」

ぽっかりと空いた直径二メートルほどのそこを恐る恐る這いつくばって覗き込めば、急な角度で下っていく暗闇の底で緑の光がふたつ爛々と輝いていた。

俺たちの後ろから差し込む光が届く場所に一歩踏み出した、太い爪が並ぶ足。

続いて現れたのがつるりとした白い鱗に覆われた額。

高さに余裕はあるようなのに少し屈んでいるのか上目遣い気味の緑色と目が合った。

やっぱりだ！　やっぱりお前か――って！

「待て！　待て！　跳ねるな！　崩れる！　崩れるから‼」

ぎゅるると鳴っているのは喉なのか、ずどんずどんと両足をばたつかせ、巨体に見合わぬ短い腕まで上下に振りはじめた。

岩山の中が空洞だとかどうなってんだ！　そりゃ鳴き声もよく響いたことだろうな！

だから跳ねるなって！

ひとしきり跳ねてから落ち着いたらしい竜は、穴の中から俺を見上げて、ロドニー、それから俺たちの後ろへと視線を送り、また俺を見上げるのを繰り返した。どこかそわそわしたような素振りの四巡目で、はたと思い至る。

「……アビゲイルは連れて来てないぞ」

結構長いこと硬直したように動かなくなっていたから、おそらく目当てがそれで合ってたんだろう。

「で、やっぱりこの岩山はお前がやったのか」

「ピヨちゃんにもそうだけど、すっごい自然に話しかけますよね主って」

「こいつは結構賢いってアビゲイルは言ってたしな」

「まあ賢いんでしょうね……まだ立ち直れてないようですしー」

ころりと竜が転がしたエメラルドらしき原石は、どうやら差し出してきたようだったから近寄ったのが悪かった。

何故だか抱きかかえられ、かれこれ一時間はあちこちの匂いを嗅ぎ続けられている。

そろそろ出発したいんだが絶妙な力加減で抜け出せない。

せっかくひと月近くかかる日程だったところを五日は短縮して帰れそうなんだぞ……。

「なんかないか。こいつが満足しそうな何か考えろ」

「わー無茶ぶりぃー……あ、あれどうです。ほら、奥様が刺繍したハンカ「絶対やだ」ですよねー……」

結局それからさらに一時間後。

ロドニーが荷物をひっくり返し、アビゲイルが棒で打ち返そうとしては手で受け止めていた革袋を渡すことで解放してもらえた。

やっぱりさすが『なんでも出せるコフィ家』だな……。

◆◆◆

ブリアナたちが逃げて行ってから二日経ちます。屋敷を手薄にするほうがよくないって、追いかけて捕まえたりはしませんでした。

その代わり巡回する護衛を増やしたとイーサンが言ってました。捕まえるのは旦那様が帰って

来てからにするそうです。

　そしてイーサンが今日しゅっと出してくれたのは青のクレヨンです。どこから出してきたのかは、やっぱりまたわからなかった。なんで。

「奥様、今日は少し風がつようございます。お部屋で手紙を書くのはいかがでしょう。きっとそろそろサミュエル様がお待ちですよ」

「はい！　私のクレヨンは青色のが小さくなってきてたのでちょうどよかったです！」

　サミュエル様はいつも絵を送って来てくれるので、私も絵をお返しします。

　この間送られてきた絵には、お城の池にいたおたまじゃくしだとステラ様の説明が添えてありました。

　やっぱりお返しの絵は蛙《トード》でしょうか。新しい青いクレヨンもありますし、フロストトードがいいかもしれません。あれは大きくてねじれた角がみっつもあって強そうなのですが、実はびよんびよんとなるくらいに柔らかいのでサミュエル様も怖くないはずです。

　中庭に面した温室《コンサバトリー》で、イーサンが用意してくれた紙をテーブルに広げます。

　屋根は細かな透かし彫りをされた板がガラスを支えていて、そこからこぼれる光の模様が手元に落ちてきていました。風は強いけど晴れてますから、明るくて細かなところもきっと上手に描ける。

　そうしてばっちりに描き上げる頃、エントランスのほうが何やら騒がしくなったことに気がつきました。知らない気配がします。メイドや従僕、多分護衛たちもばたばたと駆け回っている音もする。みんな普段は廊下を走ったりしないのに。

　ホールに出ていくと、イーサンが従僕や護衛に何やら指示しています。従僕が一人、外に駆け出ていきました。知らない人はそこにいなかったので、もう出て行ったのかもしれない。

　私に気がついたタバサが小走りに駆け寄ってきて、私の両手を握ってくれました。壁際の肘掛椅子に私を座らせて、タバサは膝をついて手を握ったまま見上げます。

「今、伝令が参りました。遠征から帰還中の隊列が、落石事故に巻き込まれたそうです。まだ詳細はわかりませんので、軍へ人をやりました」

　さっきの知らない気配は、軍から来た伝令の人だったようです。階級が上の人のおうちに知らせて回ってるって。なので新しいことがわかればすぐ知ることができるように、こちらから従僕をやって待機させるのだと教えてもらいました。

　遠征はたくさんの人間が長い隊列をつくって行軍しています。渓谷を進んでいるときに崖が崩れたために列が分断されて、旦那様の隊はその後ろのほうだったそうです。

「イーサン、地図を、いえ、どの方角ですか。どっちですか」

　どこから出てきたのかやっぱりわからない地図を広げたイーサンが指差した方角に意識を向けます。大体の距離もイーサンは教えてくれました。

毎晩ちゃんと確認してたのに。ゆうべだって寝る前に確認しました。魔物たちだっておとなしかった。

人間の住む土地はよく見えないから、途中にあるいくつもの村や町が邪魔をしてはっきりとはわからなかったけれど、――渓谷なら見えるはずなのに。


「なんででしょう。近くに町がありますか」

「――はい、ちょうど渓谷から出たところに大きな町がございます。その入り口手前の道が狭まった関所で起きたため、伝令鳥が運んだ一報ではまだ後方隊の確認ができていない状態とのことでした」

「奥様、軍では災害時に備えた訓練もきちんとしております。きっと今はその崩れた岩をどけているところのはずです。すぐに次の報せがございますから、それまでこうしてタバサとお待ちしましょう」

ドリューウェットで昔事故が起きたときは、まだ子どもだった旦那様も復旧作業に加わっていたのだから、きっと今も指揮をとっているはずだと年かさの護衛たちも口々に教えてくれました。大きく構えてくださいと笑って、それぞれの警備位置に戻っていきます。


にんげんはすぐ嘘をつくし、忘れちゃうし、いなくなっちゃうけど。

「旦那様はすぐ帰ってくるからなって」

「ええ、ええ、主様はちゃんとお約束を守ります」

「はい。旦那様おつよいですし、私に嘘をつきません。でもタバサ。なんででしょう。落ち着かないのです」

お胸がすぅすぅします。

おなかももぞもぞ——痛い？　ちょっとだけ痛いかもしれません。

タバサが手を何度もさすってくれますけど、いつもより冷たい気が——あ。

「ロドニーは」

「あの子はいつだってしっかりと主様のおそばにおります。大丈夫ですよ」

主様はご無事なのですからと、タバサはにっこりしてくれました。

そうです。旦那様が大丈夫なのだからロドニーだって大丈夫。

だけど落ち着かないままですし、だからタバサの冷えた指をぎゅっと握り返して、立ち上がります。

「奥様？」

「一番外側の城壁まで行ったらわかるかもしれません。あと高いとこ。ここは人間多すぎてわからないです」

タバサの手を引きながら外に出て、閉じている門へ向かいました。

旦那様とロドニーはきっと大丈夫。だけどおかしいのです。いくら関所といっても、それは人間と魔物の世界の境目です。その外側なら、もう少し見えてもいいのに。

それともその渓谷のそばにある町が広すぎるのでしょうか。

にんげんがたくさんいるのでしょうか。


――とても、じゃまです。


「奥様、奥様。いけません。外に出ない約束を主様としていらしたでしょう?」

「そうでした!」

ぐっと足を踏ん張ったタバサに引っ張られて立ち止まったのは門扉の内側です。

普段は門の両側にいる護衛たちが困った顔で道をふさぎました。

「それにまだ、あのロングハーストの輩がこの辺りにいないとも――」

護衛が立つ向こう側の一点に視線を止めたタバサは、きゅっと目を細めます。

「アビゲイル! やっと出てきたね! 知りたいことがあるんでしょう? 教えてやるからここを開けなさい」

ブリアナが腰に手を当てながら、お供を連れて道路を悠々と渡ってきます。まだいた。閉じた門扉の向こうにたどり着いたブリアナは、腕を組んで鼻を鳴らしました。

「いくらあんたでも世話になってる主人の状況くらい知りたいんじゃないの」

「奥様。耳を貸す価値などありません。戻りましょう」

「使用人が差し出がましいね！」

「旦那様とロドニーのことを教えてくれるのですか」

「奥様っ」

ブリアナは口元を歪めて笑います。首を横に振るタバサへと頷いてみせました。これは女主人のお仕事だと思います。

「いい暮らししてるようだし、まずはもてなしてもらいましょう」

「——おいっ」

「うるさいっ、もううんざり！　宿もとれないんだから！」

袖を引こうとしたお供の手を振り払うブリアナのスカートの裾は泥だらけであちこち裂けてますし、羽織ったローブも砂ぼこりで白茶けています。おなかも減っているのかもしれません。

屋敷から駆け寄ってきたイーサンが私の横に並びます。

裏の通用門の方へ従僕が一人静かに駆けて行ったのが見えました。衛兵を呼びに出たんじゃないでしょうか。

「入ってもいいです。ここ開けてください」

護衛は私とイーサンを見比べた後、槍を構えながら門扉を人間一人分の幅だけ慎重に開きました。ブリアナが足を踏み入れたところで護衛が立ち止まらせます。門扉は開いたままですけど、ちょうどブリアナがふたとなってお供たちは後に続けません。

「ちょっと」

「おまえだけです」

ご用のない人は入れません。

「ごはんもあげません。おまえたち、何をしたのですか」

「は？」

イーサンが私の前に出ようとしましたが、一歩横に飛んでその前にまた出ます。まだいざというときではないので！

ブリアナは私より頭ひとつ分大きいですけど、私の方がつよい。

「軍から伝令が来たのはさっきです。なんでおまえが知っていますか」

「……ふんっ、だから知りたいならもてなせって言ってるの」

私が見えないのに、このにんげんが知ってるのはおかしいことです。


義母上から習いました。おもてなしはその人にふさわしいおもてなしをするものだって。

このにんげんはうそつき。ロングハーストにいたときだって、ごはんくれなかった。

私だってもう知ってるのです。私がお仕事しなくたって、ブリアナは私にごはんを食べさせなくてはいけなかったって、それが当たり前だって旦那様に教えてもらいました。

「ごはんが欲しいならお仕事をするといいです！」

「はぁあっ⁉」

「さすが我が奥様」

ブリアナが一歩足を踏み出し、タバサが私の肩を抱いて引き寄せました。

「後は私どもが話したくなるようにさせましょう。奥様、命じてください」

イーサンがブリアナの鼻先へと伸ばした手の先には、銀色の細くて尖ったアイスピックみたいな大きな針《ニードル》があります。またどこから出たのかわからなかった。これがきっと暗器というもの！

ぴかぴかなのに！

顎を引いて後ずさったブリアナと、その向こうのお供たちのさらに外側を囲むように護衛たちが姿を見せました。

だけどブリアナとそのお供は少しひきつってはいますが、にやにや笑いをしたままです。

「ばっかじゃないの。そんな化け物を奥様って？　そいつを寄こせばあんたらのことは見逃してあげる。どうせあんたらには上手く使えやしないんだか――ひっ」

「戯言を」

イーサンの手はほんのわずか振られただけだったようなのに、開いた手ほどの長さの針はブリアナの肩先を掠め、後ろのお供の腕に刺さりました。もうイーサンの手に次のがある！　いつのまに！　またわからなかった！

お供はポケットから何かを取り出そうとしていたらしく、それはブリアナの足元にはずんで転がりました。ガラスの小瓶ですが割れることはなく、ブリアナはつま先で転がるのを止めます。

お行儀悪い。

小瓶の中には……粉？　黒い粉が入ってるようです。

「これ、何だと思う？　あんたらも見たことあるはずだよ。私らからの連絡が途絶えれば、あんたたちの主様とやらは狂った魔物たちに襲われるだろうね」

「……魔物寄せですか」

イーサンが突きつけている針をそのままに少し掠れた平坦な声で問い、護衛たちはさらに強く身構えました。私の肩に添えられたタバサの手にも力が入ります。

ドリューウェットの収穫祭で、ナディアは焚火に魔物寄せの花を入れようとしました。ここにいる全員が知っています。

見たことあるといっても、そのときは枯れた花そのままでした。小瓶の中ですし匂いはわからないのですけど、そうするとあれは乾かした後で粉にしたものということ。

もりにあるのはおまえたちのものなどではないというのに
それはもりをまもるためのものなのに
このにんげんたちにはまだわからない

「——あなたの娘がどうなったか知らないわけでもないでしょうに」

「ほんっと馬鹿な娘だったよ！　物の使い方も知らないのに勝手に持ち出して！」

「渓谷にそれを持ったにんげんがいるということですか」

「そうさ。渓谷の狭い場所に上から火をつけてばらまけばどうなるか馬鹿でもわかるだろって……あんた今日は随分しゃべるね。少しは人間様の真似が上手くなったようだ」

「たかいところにいる」

渓谷の両側には私の森とは違う森が広がっています。

だからボスも違う。会ったことはありませんが、あそこのボスは竜よりも長く生きてるって得意そうにしていた黒蛇猿《ラーグロダイト》です。

猿っぽいけどもっとずっと大きくて鱗のあるおなかのほかは毛むくじゃら。

旦那様が出発してから毎晩あちこちのボスに様子を聞いていたのです。

うるさいのいないよとか。

うちのこたちはみんないいことか。

なまいきなのとけんかしたとか。

おうちからでないからわかんないとか。

ずっとおてんきだよとか。

軍の人たちは旦那様より弱い人たちばかりですけど、閣下みたいにつよいのもいます。人里の近くにいる魔物はよわい子が多くて、数だってそんな多くない。でも渓谷あたりのあの子のおうちはちょっとはなれたところの洞窟だけど、ながいきのぶんかしこいから。

——おまえのこどもたちをまもりなさい
「イーサン、旦那様たちは大丈夫です。そのにんげんたち捕まえなさい」

事故が起きた場所は見えませんし、いくらかしこい子たちでもにんげんの区別はあんまりつかないでしょう。

だけどたかいところにいるにんげんだけっていえばわかります。

ほら、もううごきだしてる。

「確保！」

「——とっ〝灯せ〟！」

「あっあたまおかしいいんじゃない⁉」

イーサンの号令で護衛たちの槍が水平に構え直されて一歩分近寄り、ブリアナが金切り声で叫びます。

お供のうち一人が両手を高くあげました。

その右手のひらは天を向いていて、小さな小さな火の玉がそこに浮かび、左手は握りしめられています。

その様子に、イーサンが制止の合図を出し、護衛たちはぴたりと止まりました。

火を灯し続けながらお供は頼りない笑い声をあげます。足もがくがく震えている。——どうしたのでしょう。

「正気ですか。それを燃やせばあなたたちも無事ではすまないのでは？」

「いつまでも居残るわけないだろう？　あんたらだって逃げればいいさ！　ここいらの人間なんて見捨ててね！」

くんっと鼻を利かせれば、確かにあの手の中にあるのは魔物寄せの花です。

あれが燃えれば王都の周りにいる魔物がやってくる
このあたりにいるのはよわい子たちばかりなのに
こんなにいっぱい人間がいたらみんなみんな負けちゃうのに
こんなことのために、私はあの子におしえたんじゃないのに

他のお供たちも同じように震えながら、次々と短剣や木の棒を腰から外して構えだしました。木の棒はあんまりいい棒じゃありません。

じりじりと身を寄せ合って、門の内側に入り込んできます。

「でもそうなりゃあんたらの主様が罰せられるだろうねぇ！　こんな化け物とっとと渡せばすん

だのに！」

「黙って聞いていれば！　我が奥様へのその侮蔑、取り消しなさい！」

「うるさい！　渡せ！」

怒鳴ったタバサに怒鳴り返したのはお供の声です。

声だけなのはタバサが私に覆いかぶさったからですが、お供のうち一人がこちらに踏み出した気配はわかりました。

護衛たちの怒鳴り声に、ブリアナたちのわめき声。

激しく押し合いへし合いしているのが、タバサの体越しに伝わって——ぱっと赤いものが散りました。

「タバサ？」

タバサの柔らかくてあたたかい身体がぐらりと傾いて、私の足元に片膝をつきました。

服の肩口が手のひらほどの長さに裂けていて。

タバサを突き飛ばしたらしきお供はタバサよりずっと大きくて、その手には小さく見える短剣があって。

「奥様こちらへ！」

胡桃の護衛が、私の肩を掴んで後ろへ引っ張ります。

抱き上げようとしてるのはわかります。でもタバサが。

「タバサ、タバサ」

ハギスが倒れ込んだタバサともみあっている集団の間に割り込みます。タバサタバサ。

護衛たちはみんなつよいのに、ブリアナたちの中心にいる魔物寄せを持ったにんげんがいるからでしょうか。やっつけられないでいるようでした。


ここから治癒魔法が届くでしょうか。いえ、駄目です。

手が届かない。すぐそこなのに。

私はまだ人間の体をよくわかっていないのです。

近くで見て、ちゃんと触って、どんな傷なのかわからないと。

私はまだ人間をよくわかっていないのです。


「タバサ！　タバサ！」

体を捻って胡桃の腕から抜け出して、タバサ、やっと手が届く。

「不覚をとりました！　かすり傷です！」

タバサの肩に触れる直前、その手をがっしりとタバサが掴みました。

「でもタバサ」

「いけません！　帰れないのと帰らないとでは違います！」

素早く立ち上がったタバサは、跪いた私を力強く引き上げます。

「お約束しましたでしょう。些細な傷です！」


でもタバサ。

にんげんはよわいのに。

私よりずっとよわいのに。


「早く屋敷へ！」

胡桃はタバサと一緒に私を挟んで下がろうとしたけれど。

「その化け物を返せ！」

イーサンや護衛たちがつくる壁の向こうから、にんげんが木の棒を振り上げたのが見えました。

腕も、足も、体も、入り乱れていてどれが誰なのか難しい。

だけど私は練習しましたから！

ぱしんっ

乾いた音が響き、振り上げられた木の棒は、腕ごと氷に閉じ込められました。

上手にできた！

「――え」

ブリアナがまん丸の目になります。驚いたせいか、魔物寄せをもっていたにんげんの火も消えました。そういえばロングハーストの者は私が魔法を使えるのを知らなかったはず。

「……〝凍てつけ〟」

「奥様……」

だってタバサに向かって棒を投げようとしたのです。

屋敷を守るって旦那様と約束したのです。


ブリアナたちが口々に叫ぶ声は、きぃんきぃんと耳の中で鳴る音でかき消されていきます。

ぐるぐると魔力が身体の中を駆けまわります。

私はどんな魔物よりもつよかったですけれど
ボスではなかったので森の魔物をまもったりはしませんでした
ほんとはちっちゃいあの子だってまもっちゃいけなかった
私はそういうものだったし、そういうルールだった

魔力を巡らせるのはここまでだぞって、旦那様が抱っこして教えてくれたからできるようになりました。

だからきっとまた上手にできます。

「あ、あ、あ」
「う、うわ、あああ！」

ああ、だけど、膨らんでいく魔力が漏れ出していきます。
ブリアナたちの足元から、ぱりぱりと氷が立ち昇ります。
護衛たちもイーサンも一歩後ろに下がりました。それでいいです。

にんげんは、一匹やっつけたら千匹やってくるけど。
前はおなかがすいていて、寒くて、力がでなかったけど。
今の私はおなかもすいてないですし。
私はもう人間だから、人間のルールでいい。

もう腰まで氷漬けになっています。

「おまえたちはいらないです」

きぃんきぃんと鳴る耳の中の音にあわせて、大きく息を吸って、人間と同じように――

「〝凍て」

「アビー！　俺がやる！」

「奥様！　主様が泣きます！」

「え、駄目です。え？」

私を抱きしめるタバサが叫んだ声は聞こえました。それと一緒に遠くから届いた声も。

勢いよく回っていた魔力がしゅんっとなり、ブリアナたちのわめき声がまた戻ってきました。

私が痛いと旦那様は泣いちゃうのですけど、私痛くないのに。上手にできるのに、泣いちゃうのでしょうか――あ。

「全員伏せ！」

イーサンの叫びで護衛たちも、私を抱えたままタバサもしゃがみました。

「〝切り裂け〟！」

タバサの腕の中から、詠唱が聞こえた方角に目を向けます。

甲高い風切り音がいくつも走り、悲鳴と、ばたばたばたと重い水が落ちる音。

「アビー！」

石畳の上を旦那様が、駆けてくる。速い。少し遅れてロドニーもいる。

後ろでひとつにくくった黒髪をなびかせて、身体強化を使っているのでしょう、ぐんぐんとあっという間にもう目の前です。すごく速い！

「旦那様！」

タバサと一緒に立ち上がって私が両腕を広げると、そのまますくうように抱き上げられました。

「旦那様旦那様！　タバサが！　あれはいらないです！　治しちゃ駄目って！　でもタバサが！」

「アビー、アビー、何もされてないか」

旦那様は私の頬を撫でながらあちこちを確認します。

どこも痛くなんてありません。さっきの魔法だって上手に使えたのですし。

だけどまだ、魔力のぐるぐるは止まったのに、まだ何かがぐるぐるして止まりません。

「私は！　あのにんげんいらないですし！」

「落ち着け、な、アビー」

「奥様、わたくしはかすり傷ですよ」

「でも！」

「俺がやるから。その力をそんなことにつかわなくていいから」

前に旦那様はもう魔王をしなくていいんだって、そう言ってくれました。

私はとてもつよいのに。

魔法だってなんでもつかえるのに、タバサはつかわなくていいって言います。

私はなんだってできるのに。

やっぱりにんげんはよくわからない――


いい匂い。旦那様のいい匂いです。

旦那様の首に手を回してぎゅっとすると、ぎゅって返してくれます。

やっぱり金剛鳥のぬいぐるみとは違う。

つむじから首へと何度も何度も撫でてくれます。

ゆっくりと、ぐるぐるがおさまってきました。


――あら？　なんで旦那様がもうお帰りなんでしょう。


「旦那様」

「うん」

「旦那様はお早いお帰りです！　事故があったって！　どうしましたか！」

「ああ、それは後だ。途中で衛兵所へ走る従僕に会って聞いた。それよりこれは」

旦那様はほっと息をついてから、ぎろりとブリアナたちを睨みつけました。

全員、旦那様の風魔法で体中切り裂かれて、呻いたり叫んだりしています。私の氷は消えてしまっているけれど、起き上がることはできないようです。護衛たちも槍を突き付けていました。

イーサンが口早に旦那様へさっきまでのことを伝えます。

渓谷のほうは大丈夫ですよって、それは私が話しました。抱っこされてますから耳元でこしょこしょって。

「そう、か。そうすると向こうはそこのボスがそいつらを片付けたと思っていいんだな」

「かしこい子だったので！」

「よくやってくれた。留守もしっかり守ってくれてありがとう。さすが俺の妻だ」

「はい！」

　褒められました。きっとあとでご褒美もしてくれます。


　その間にロドニーは護衛たちに、ブリアナたちを縄でぐるぐる巻きにして敷地内に転がすよう指示を出しています。治療を手当てをとひぃひぃ騒いでいますが、みんな知らんぷりです。

　タバサはそこだと汚くてみっともないからもっと陰の方になさいって、門から離れたところを指差していました。肩口の服が破れたあたりに大きなスカーフが巻かれていますけど、肩から指先までまっすぐにびしびしといつも通りです。

「俺を足止めするためだけに、崖崩れまで起こしただと？　それでアビーを連れ出せたとしてもロングハーストにだって戻れんだろう」

「どんな算段だったかは、これからの取り調べでわかるでしょうが……私どもの手でというのは」

　旦那様が舌打ちをしました。見つめていたら鼻先に口づけをくれたので、お返しを差し上げます。

「王都の中で魔物寄せを使おうなどと……これだけ騒いだんだ。国に突き出さないわけにいかない。従僕には衛兵ではなくドミニク殿下につなぐよう命じておいたが……まあ、そろそろ到着するだろうな」

「……どうして、どうしてそんな化け物を」

　ブリアナがつぶやきました。

　ぐるぐる巻きで這いつくばっていますが、歪んだ顔を持ち上げていて、目が合うと歯をむき出しに叫びます。

「あんた！　魔物の癖にいい気になってんじゃないよ！」

「……イーサン、一人生きてれば用は足りると思わんか」

「お気持ちはわかりますが……ここであっさりというのもいささか見合わないかと」

「ああ……くっそ、そうだな。念入りな取り調べを頼もう。おい、そいつの口をふさいどけ。アビー、部屋に戻ろうな。土産もあるぞ」

「魔物は魔物らしくしてろ！　お前なんか誰も愛さな――っぐ」

　口に布切れを押し込められて、あちこち血だらけなのにもがいて暴れるブリアナは罠にかかったたぬきみたいで、やっぱりナディアとよく似ていました。

　愛さないって、旦那様も初めてお会いした夜に確かそんなようなことをおっしゃったのを思い出します。

　そのときは意味がわからなかったのですけど。

「そう言われましても」

「アビー？」

「旦那様はあいしてるって言います。私も同じ。同じあいしてるです」

　今はもうちゃんとわかるのです。教えてもらいましたので。

8 きれいがわかるようになりました

竜に絡まれた時は余計な時間を食ったと思ったけれど、無事に予定より早く王都へと到着できた。

二の城門を抜けたところで、まるで幽霊に出会ったかのような顔をするうちの従僕と鉢合わせたわけだけれど、まとまりのつかない説明で事態を把握したと同時に、馬を従僕に預けて走りだす。身体強化を使えばそのほうがずっと速い。

視界に遠くうつったうちの門で体半分凍り付いた集団を認めた瞬間、頭の中が燃え切れそうになった。

あんなものをつくりだせるほどの手練れはうちの手の者にだっていない。

アビゲイルは自分自身に何をされたところで頓着しない。

もう魔王の体ではないのにその感覚が抜けていない。

それなのに。

そのアビゲイルに、俺の妻に、何をさせた。

幾重にも色糸を重ねて細やかな模様を織り出す絨毯のように、少しずつアビゲイルの感情は色を増やしてきていた。

時には自分でも何かわからないと戸惑いながら問うてきて、それに答えれば、ゆっくりと咀嚼するように受け入れていくのを繰り返した。

それでもアビゲイルの根幹はひどく単純な世界で構成されていることに変わりなく、好きという感情には種類や段階があるのだと最近やっと理解し始めてきたところだと、そう思っていた。

それが！　それがだ！

「主！　あーるーじーってば！　ほらっ！　支度して登城しないと！　ほら！」

ドミニク殿下直属の騎士たちが到着し、イーサンの簡単な状況説明を受けてブリアナたちを連行していった。本来は騎士の仕事ではないが、これは殿下が今任されているロングハースト絡みなのだから不自然でもない。ただやはり俺も追って直接報告に上がらなくてはいけないこともわかってはいる。

「……ちょっと、もうちょっと」

「いい加減待ちましたからね!?　続きは後で！　あーとーで！」

アビゲイルを抱き上げたまま、その肩口に顔を埋めて浸る感動から離れられないでいた。

愛してるって言ったんだぞ！　あいしてるだぞ！　浸らせろ少し！

俺の首に回された細い腕も――いや、鼻息荒いなっ!?

「ちょっ、あ、アビー！　匂い嗅ぐな！　待て！　待て待て！」

考えたらずっと野営を繰り返し馬の休憩以外はずっと走らせて帰ってきたんだ。

どう考えても臭いし汚いだろう！　慌てて下ろそうとしても、がっしりとしがみつかれている。

時々妙に力強いよな！　肩を震わせるロドニーが荷物から缶を取り出し、受け取ったタバサがそっと横に立った。

「奥様。主様から奥様にお土産があるそうですよ」

「お土産！」

あっさりと飛び下りられたけれど、それはそれでこう肩透かしというかなんというかだな。

さっさと済ませてしまおうと身なりを整えてから登城した。

支度をする間中、土産の入った缶を抱えたアビゲイルがついて回ってたのだから、迅速に済ませて帰りたい。

王族の住まうエリアではなく、騎士たちの詰め所だからさほど手続きも必要なく、少しの待機時間でマグレガーやリックマンを従えたドミニク殿下がやってきた。

持ち出してきた亡国の偵察資料は、さほどの量でもなくロドニーが革紐で綴られた束をそのままマグレガーに渡す。

「いやー、先輩は事故の前に離脱してたはずだと思ってはいたけど、タイミングもわからなかったからさあ。無事で何よりだ。さっき続報も来てたよ。人的被害はなかったそうじゃない」

「ええ、来る途中、基地本部に顔を出して来ました。土石の撤去作業はその手が得意な部隊もいるので問題ないでしょう。今回は閣下も同道してますし」

「あー、ウィッティントン将軍は突発的なこと好きだからねぇ。張り切って陣頭指揮とってるのが目に浮かぶよ」

「憂いがなくちょうどいい実践訓練になりますからね。まだ単なる事故だと思ってるうちは、ですが」

「えっやだなにそれ」

　支度する間、渓谷で起きたであろうことの詳細は聞いていた。抱えた缶をカシャカシャいわせつつの身振り手振りつきの説明だ。

　あの渓谷は深い。街道となる谷底は隊列が通れるほどの幅があるけれど、関所に近づくにつれ両側にそそり立つ岸壁がネズミ返し状となって街道に影を落としている。見上げたところで狭まった空と崖の上から垂れ下がる羊歯や蔦が覗いているだけだ。

　報告によれば、部隊ごとに分かれて進む隊列の切れ目にそのせり出した崖の先端が崩れ落ちたらしい。

　たまたまなのか狙ったのか。アビゲイルを連れ出すための脅しのつもりだったかもしれないが、あそこの人間は妙な特権意識があるせいだろうか、場当たり的な大ごとをためらいなく起こす。それはロングハースト滞在中でも同じだった。何せこの俺を鍬やら鎌やらで殺せるつもりだったのだから。軍隊を攻撃して無事に逃げ切れると思える能天気さが哀れなほどだ。まあ軍ではなく魔物にやられたわけだが。

隊員たちはすぐには気づかなくとも、崖の上の密林で騒ぐ魔物たちに警戒していることだろう。

基地に寄った時、閣下へ伝令鳥を飛ばしブリアナたちの企みを知らせておいた。あの辺りのボスだという黒蛇猿が率いた魔物たちは、高いところに身を潜めていた人間をやっつけてすぐ引き上げたとアビゲイルは言っていたけれど、痕跡は残っているはずだ。

勿論、魔物たちがすでに討伐していることは伝えていないが、ブリアナたちの仕業である証拠を閣下はきっと持ち帰る。

ドミニク殿下にも当然黒蛇猿のことを除いて報告した。

「ロングハーストの長女がドリューウェットでしでかした際に使っていた魔物寄せの花は、あのブリアナの出身地である地図になかった村で常備してたんでしょうね。さきほど渡した元公国の資料にもそれをうかがわせる記述がありました」

「……村を隠してた理由はそれだよねぇ。カガミニセドリのこともある。いつでも反乱を起こせたってことじゃないか。えーちょっと何人処分することになるの……」

「それだけの武力が隠されていることを知っていたのは、それなりにいるでしょう。村ぐるみ領都ぐるみときてますから」

　実際のところカガミニセドリは飼い慣らされてはいなかったし、あれは卵の状態で忍ばせる類いのもので、魔物寄せも一歩間違えれば自分が巻き込まれる。

　どこよりも豊かな土地で暮らせているのに、危険を冒してまで反乱を起こす理由もない。けれど、できる状態にしていることそのものが重罪だ。

「殿下」

「わかってるわかってるわかってる。夫人に累は及ばせないってば。先輩どころかドリューウェットまで敵に回るじゃないか。さすがにそれはこっちも避けたい」

「ええ、妻がしていたのは農業を中心とした事務処理だけです。外部は勿論、血縁者とすら関わることがほとんどなかった。生まれてからずっとですからね」

「あー、ことが大きすぎて、もうこれはこの先僕の手を離れることになると思う。でも約束するよ。夫人はもう一年以上前からノエル家の者だし、そう陛下にも上申する。もともと僕は可愛がられてるからねー。可愛がられてるからこそ豊穣の地をくれようとしたわけなんだけどあれだったから……。まあそこは任せてもらって大丈夫」

　父たちももう根回しに動き始めている。アビゲイルがロングハーストの縁者として俎上に載せられることはないだろう。

「ただ軍内部のことは僕の手には余る。でも先輩はどうとでもできるよね？」

軍に攻撃したのが縁者となれば、通常は処分を免れない。

実態がどうであろうとも、アビゲイルがロングハースト伯爵令嬢であったことは事実だ。閣下も色々と手を回してはくれるに違いないから、表立ったものはないにしても何かしらのペナルティがあるのは予測できる。

「無論です。第一候補は今のところドリューウェットの港町オルタにある基地ですが、南の海も捨てがたいと」

「まさかの左遷狙い⁉」

田舎のほうがアビゲイルは楽しいんじゃないかと思うんだよなぁ。

◆◆◆

旦那様が第四王子のところに行ったあと、私はいつの間にかサロンの寝椅子《カウチ》でお昼寝してしまったようです。

ふわっとしたいい匂いと揺れる感覚に目を開けると、旦那様がちょうど私の背中と膝裏に手を差し込んでいました。

「おっと、起きたか。寝台に連れて行こうかと思ったんだがな」

中庭に続く掃き出し窓から差し込んだ夕焼けの光が、旦那様の黒髪を赤く縁取っています。

「お帰りなさいませ旦那様」

「ただいま」

まぶたに口づけしていただいたので旦那様の胸元に顔をすりつけたら、小さく笑ってそのまま抱き上げてくださいました。

「疲れただろう。そろそろ夕食の時間だがもう少し眠るか？」

「起きます！　私は旦那様にお留守番の報告をするのです。でも抱っこはまだこのままです！」

「ふはっ、喜んで」

横抱きのまま歩き出した旦那様は、くるり、くるりとダンスするときみたいにターンをします。タバサのお部屋にある揺り椅子《ロッキングチェア》のように心地よい。

座らせてもらったときは楽しくなった勢いでひっくり返ってしまったので、私の部屋には買ってもらえませんでした。でもこっちのがいい。

「お帰りなさいませ旦那様」

「ああ、ただいま」

何故だかもう一度言いたくなったのですが、旦那様もちゃんともう一度ただいまをしてくれました。

お留守番の報告はいっぱいあるのです。お爺がつくってくれた石を倒すやつとか、リックマンが見せてくれた本とか、たくさんで、あ！

「ない！　お土産！　お土産の缶はどこに！」

眠ってしまう前はちゃんと持っていたはずです。両手で持っていたはずなのにない！

慌ててしまったら旦那様はくるっとカウチのほうへ振り返ります。

「そこにあるけど、まだ開けてなかったのか」

ローテーブルにちゃんと置いてありました。勿論まだ開けていません。だって旦那様と一緒に食べたいのですから。


夜ごはんだって旦那様と一緒です。分厚いけどしっとりと柔らかいローストビーフに滑らかなマッシュポテト、ぽこぽこしたベイクドビーンズ、こっくり甘い玉ねぎのスープも美味しかった。報告することがいっぱいあって、食べきるのにいつもより時間がかかってしまったかもしれません。だけど旦那様はご機嫌で聞いてくださったので、それは些細なことだったと思います。

あと最近はあまり思わなかったはずなのに、もうちょっとだけ食べられる気がしました。


「香ばしくっていい匂いがします！」

夜ごはんのデザートは、旦那様のお土産です。

いつものように居間のソファで寛ぐ旦那様が、ぱこんといい音で缶を開けてくださいました。

パンが焼けるときとも違う甘いようなしょっぱいような匂いがあふれてきます。中にあるのは、手のひらほどの大きさで、丸くて薄い……クッキー？　一枚つまむと指先にぺとっとした感触がありました。

「ライスクラッカーだ。共同演習相手の国では昔からある伝統菓子だな。米でつくるらしいぞ」

「米！　リゾットでつかう米ですか。ごはんにもおやつにもなる……パンやケーキになる小麦と仲間っ」

　初めてリゾットを見たときは一瞬虫かと思いましたけど、トマト味もミルク味もチーズ味だってどれもみんな美味しかった。

　魔王のときには美味しい虫も食べたことありましたけど、いえ違いました。虫ではなかったので関係ないです。米。

「このライスクラッカーの国ではな、岩山から来る金瞳の魔物は魔物ではなく聖獣として敬われてたようだ。岩山からってことは魔王のことではなくてただの金瞳の魔物だと思うんだが、ロングハースト側とは反対の方角に行ったことは？」

　私が森にいた頃には岩山はありませんでした。それは前にお話ししてあります。

　だからその金瞳の魔物は私ではなくて、他の子だと旦那様は察しているようでした。多分合ってると思いますけど、一応私も反対側に行ったことはあります。気分でお散歩してましたので。

　そう答えると、だよなと返ってきました。

「でもそんな風に呼ばれたことないです。おいもをくれてお話をしてくれたのも、私に名前を付けて呼んでくれたのもあの子だけでしたし、魔王のほうがつよそうだからせいじゅうじゃなくていいです」

「……そっか」

旦那様がライスクラッカーにかぶりつきます。ばりんといい音がしました。お行儀はなしでいいってこと！　硬い！　あれ⁉　硬い！　ばりんといきません！

「お、おう、貸しなさい」

一口サイズに割ってもらったライスクラッカーをもう一度口にいれました。

ごりごりする！　しょっぱ甘い感じはあまり食べたことのない味ですけど、ざらりと硬い歯ごたえも楽しいし美味しい！

「美味いか」

「ふぁい！」

小さくしたのをお皿においてくださいましたので、もうひとつ食べます。この癖になる感じはサーモン・ジャーキーっぽい。

「ああ、そういえば帰りにドミニク殿下の用で寄り道したと言っただろう？　魔王の森の近くまで行ったんだけどな」

まだ口でごりごりしてるので頷きを返しました。

事故が起きたときはもう隊から離れていたから、早くに帰ってこられたのだとさっき教えてもらいました。イーサンたちもそれは知ってたらしいのですけど、いつ離れるかまでは聞いていなかったそうです。

急いで早く帰って驚かせたかったけど、先に言っておけばよかったなって旦那様は謝ってくれて、タバサは本当ですよってちょっとお説教してました。ところでこれはそのままだと齧って割ることができないのに、小さくして口にいれたら噛めるのはなぜでしょう。

「竜が来て、これをくれたんだ。多分アビーに渡してほしかったんだろう」

ポケットから出したハンカチに包まれたものは、透き通った緑色のごつごつした石でした。ハンカチは普通のハンカチで、石はエメラルドの原石だと思います。

「……君からもらったハンカチはこっちにちゃんとしまってる。使うわけないだろ」

胸元からちらりと見せてくれたのは私が刺繍したハンカチです。きちんと揃った角も、そこから飛び出た魔王の足のとこもぴしっとしたままでした。

「ハンカチは使うものです」

「大事だからこれでいいんだ」

それなら仕方ありません。口の中にあるライスクラッカーの残りを飲み込みました。美味しかった。

「これ、どうする？　装飾品に加工するか？」

「旦那様がもらったのだから旦那様のです。私にじゃないと思います。あの子別に仲良くないですし」

「えぇぇ？　いやー、あの竜はアビーのことすごく好きだと思うぞ？」

「前は触るのもさせてくれなかったですし。いっつも私が触る前に持って走って行っちゃうんですけど、途中で振り返ってまた見せるんです。意地悪って思いました」

「お、おう。そっかぁ、それ多分構って欲しかったんじゃ……アビー？」

苦笑いした旦那様は、ふと気がついたように私を覗き込みました。

なんでしょう。きらきらの青がいつになく頼りなさげに揺らいでるように見えました。

もうひとつライスクラッカーを口にいれてから旦那様の口にもいれて差し上げます。旦那様は口の中でかけらを転がしてから「……思ったのか」と私に聞いてるようでもなくつぶやきました。

これ美味しいけどちょっと舌とかほっぺの裏がひりひりしてきたような？　でもまだ食べたいから黙っておきましょう。

「あー、うん。竜にな、一度くらい会わせてあげたほうがいいんじゃないかと思ったんだが」

私を足の間に座らせて横抱きにした旦那様が、つむじの上でごりごりします。私のよりずっといい音。

「前に人間は森で暮らせないって言ってただろう？　俺が暮らせないから君も暮らさないって」

確か去年のドリューウェットからの帰り道でそうお話ししました。

ちゃんと覚えてるので頷きます。旦那様はもう飲み込んだみたいです。早い。

「それはちゃんと俺もわかってるんだ。だけど人間はあまりにも君にひどいことばかりしてきた。魔王の頃からずっとだ。俺なら絶対もう人間とは関わらない。むしろどうして人間を憎んでいないのかわからないくらいなのに、君は俺といてくれると言う」

「だんなひゃまはずっとやさひいです」

よだれが出てしまいそうでお行儀悪いですけど、何がわからないのかわからなかったのでそう答えました。旦那様の腕の力が少し強まります。苦しくはありませんし、毛布でぐるぐる巻きされてるみたいだから、私も旦那様の背中に腕を回してぎゅっとしました。

「どうかな。ブリアナたちもそうだが、君を狙うロングハーストの輩はこれから総ざらいで国に捕まるはずだ。完全に安心はできないが……アビーは森とか好きだろう？　もうどこにだって行きたいとこに行ける。俺だって君が行きたいと思うところならどこにでも連れて行ってやりたいとは思う。だけどな、それは俺と一緒じゃなきゃ嫌だ」

これは心配しているのかもしれません。でも何が心配なんでしょう。妻ですから一緒が当たり前ですのに。

「情けない話だが、いつか君が森に帰ってしまうんじゃないかと不安になるんだよ。だからあの竜が君に会いたがっていても、もしかして君が会いたいと思ったとしても、会わせたくない気持ちがある。とても優しいなんて言えるようなもんじゃない」

本当に情けないなと、旦那様は息を吐くように静かな笑い声をあげます。私もやっとライスクラッカーを飲み込めました。

「旦那様は私が大事だから」

「ん？」

「ハンカチみたいにしまってしまいたくなるってお話ですね！　ピヨちゃんと同じ！」

「ピ、ピヨちゃんと……」

「錆緑柱鶇《ラストベリルスラッシュ》のピヨちゃんは、好きなものしかそばにおかないのですけど、それは好きなものを誰にもあげたくないからそばにおくってことです」

「同じ、か……？　そ、そうか」

ちょっと納得いかないような顔をされていますけど、ロドニーもピヨちゃんと旦那様が似てるって前にいってましたし。

あとなんでしょう。そうです。竜。


旦那様が遠征に行っている間、その方角あたりにいるボスたちとお話ししていました。竜のほうは少し方角が違ったので気にしなかったです。

元々魔物たちとそんなにお話をしたりはしていません。賢い子しかちゃんとお話しっぽくはならないし。竜は意地悪だし。

こっちを見てる子が、いた、いる、って思ってるなってわかったくらいです。たまに気が向いたら、いるよってお返ししてあげたりはしました。

それにアビゲイルになってからは、前よりわかりにくかったかもしれません。今はまたわかるようになりました。他のボスたちとは結構お話しできたので、竜にも聞いてみることにします。

旦那様が気にしてますから。


「――やっぱりその石、旦那様にあげたみたいですよ」

「は？　今聞いたのか？」

「この石なにって聞いたら、どんぐりくれたから！　って」

「気前いいな⁉」

「なんかうれしそうでした。多分踊ってたと思います。あの子、どんぐりも好きだったんですね」

「い、いやー、うん、そっかー……あいつあんま素直じゃないんだな……」

心配はもうなくなったでしょうか。まだでしょうか。

横抱きの体勢から旦那様の膝をまたいで腰かけなおすと、ちょっとだけ目線が旦那様より上にきます。天井から下がるランタンの明かりが旦那様の瞳をきらきらゆらゆらさせていて、この青が私はとても好き。

「旦那様」

「うん」

「私は森とか、山とか、人間がいないとこならなんでも見えますし、わかります」

「……うん」

「だから別に帰ろうと思ったことないです。でも旦那様が行きたいなら連れて行ってあげてもいいです。私はつよいから大丈夫ですよ」

「そっかー」

旦那様は口を少し開けたままびっくりしたお顔をしてましたけど、そのうち笑いだしました。

私の首元に顔を埋めて、くっくっと笑い続ける旦那様の背中をとんとんして差し上げます。

「心配はなくなりましたか」

「ああ、これほどの信頼を疑うなど男がすたる」

笑んだ形のままで口づけをして、そしてそのまま唇をついばみながら旦那様は答えてくださいました。しょっぱ甘くて美味しいです。


王都を出て馬車で少し走ると小さめの山があって、その麓に湖がありました。

池とか泉よりちょっと大きめで、そこから流れる小川は王都を横切っているそうです。屋敷があるあたりとは王城を挟んで反対側なので知りませんでした。

旦那様は遠征からお帰りになった後しばらくはお忙しかったけど、やっとお休みがとれたからと連れて来てくださったのです。夏ですから！

朝早く屋敷を出たときよりもずっと日差しは強く暑くなっていましたが、馬車から降りると湖を渡る風がひんやりと涼しい。山を背景にこちら側へ開けている湖は、木の緑を映しこんで畔《ほとり》がエメラルド色に光っています。向こう岸には木々の隙間から見え隠れする細い滝がありました。

「この辺りは国が管理してるところだから、一般人は入れないんだ。王都の水源でもあるし。だけど許可はとってきたから自由に遊べる――待て待て待て待て」

頭からすっぽりかぶったワンピースをたくし上げて脱ぎかけたら、裾を掴んで止められました。

今日は買っていただいた水着というものを、ワンピースの下に着てきています。

水着も体にぴったりとしたワンピースみたいですし、スカートの下はこれもまたぴったり足にはりつくような長いパンツなので、なんで上にまた服を着なくてはいけないのかわかりません。タバサが湖につくまでは着なきゃいけませんって言うのでそうしましたが、湖についたのに。

旦那様が素早く指示を出し、護衛たちはそれぞれ少し遠巻きに散っていきます。

タバサとロドニーはちょっと呆れたようなため息をついてから、馬車の荷物を下ろしはじめました。

「よ、よし。いいぞ」

「はい！」

「え!?」

しゅっと屈んで、ワンピースから抜け出しました。

旦那様が裾を掴んだままでしたので、するっと！　そのまましゃがんで靴も脱ぎます。粒の大き目な砂に素足が沈みました。

ここの砂、きゅっていう！

「この砂、鳴きますね！」

「え、わ、早っ」

旦那様が脱げたワンピースを持ち上げたり下ろしたりしているので、先に走り出しました。

きゅきゅきゅっと鳴き声も早くなります。すごい！

湖の真ん中あたりは真っ青ですけれど、足を踏み入れると透明な水なのがわかります。

水冷たい！　水の中だと砂は鳴かない！　さざ波をかき分ける足が重いです。旦那様が追い付いてきて、腰を抱かれました。

「この湖はあちこちが急に深くなるんだ。危ないから手を離さないように」

半袖のシャツに膝までの短いパンツ姿の旦那様と手を繋いでざぶざぶと一緒に進んでいくと、旦那様の腰の上くらい、私は胸の下あたりまで水面がきました。

魔王の頃は旦那様より大きかったと思います。足だっていっぱいありました。

今は足の裏だけですが、水底に触れている部分はもっと広かったので泉の深いところまで進んでいっても、水が私を押し返すようなこんな重さを感じたことはありません。力持ちだったからでしょうか。地面を歩くのと変わらなかった。

だけどこのアビゲイルの身体は、水は重いのに自分は軽くて不思議な心地です。

「旦那様！　ぴょんってしたらふわっとします！」

「ははっ、この辺りでいいかな――――えっ⁉」

ゆっくりと跳べて面白いと思ったらもう目の前が水でした。

森の泉の底もこんな風に、光の網模様が頭上にあって、魚やカニが横切っていって、そこら中が青や碧で透明で、そんな景色をゆっくり眺めながらのお散歩が好きで。

この湖も同じ。眩しいくらいの光が水を通すと柔らかく降り注いできます。ちっちゃいカニもいた。

でも足がつかないのは同じじゃなかった。素足のつま先が下ではなく前に投げ出されています。お尻にも底の感触がない。

これはもしやと気づいたところでがっしりと脇を掴んで引き上げられました。

いつの間にか止めていた息を吐きだすと、旦那様のびっくりしてまん丸になった目と目が合います。

「アビー！　水飲んでないか！」

「旦那様！　浮きました！」

「沈んだからな⁉」

足ついてなかったのに⁉

絶対そこを動かないようにと何回も念を押してから、旦那様は泳いで見せてくれました。

湖の中心近くまでは片腕を上げるときに顔を出すのを交互にする泳ぎ方で、戻りは顔を出したままの泳ぎ方です。

見たからもうできると思いますけど、まずは後ろ歩きする旦那様に両方の二の腕を掴んで引いてもらいながら足をばたばたさせるのを習いました。これも楽しい！

「浮かんな……？」

「浮い！　っはぶっ！　てます！」

「あ、うん。ま、まあ真水だからな。手離すなよ……」

旦那様は首を傾げていますが、浮いてます。


「奥様ー！」

岸からタバサとロドニーの呼ぶ声がしました。

旦那様の手を掴んだまま立って振り向くと、ロドニーが何やら長い紐を水桶から引き上げています。そして紐の両端を持ったまま弧を描くように振ると——

「だんなさま‼　あれは！　あれは！　おっきなの！　たくさん！」

紐の途中にはいくつも輪っかがついていて、そこから大小いくつものシャボン玉が、ぽぽぽぽっと！　すごい！

タバサが笑顔で手を振っています。

湖岸のあちこちに立つ護衛たちも笑って拍手しています。

「早く！　旦那様早くです！」

「任せろ！」

私を後ろから抱きかかえるように両手を掴んで、旦那様が笑いながら岸へと向かいます。

私は時々水底を蹴ります。ふわっと。

さっきまで岸に向いていたはずの風が、今はシャボン玉を岸から私たちへと向かって運んできます。

ふわふわきらきら。
空は青くて、湖は碧くて、水しぶきは光が生まれてくるようで。
斜め上に目を向けると、旦那様が優しく笑いながら見下ろしていて、それは空より湖より光よりきらきらぴかぴかで。

これがきっと綺麗ってことで、目が離せなくて大好きってことです！

番外編

タバサはずっとタバサだし イーサンはずっとイーサンだったとおもいます

主様が遠征に出発して五日が経った。

「イーサン！　今日の一回です！」

「奥様おはようございます」

「あっ、おはようございます！　今日の一回を、あっお手紙！　サミュエル様から！」

どこからどうやって出したか当ててみせるための一回だったはずだが、奥様はもうサミュエル様の手紙に意識がそっくり持っていかれてしまった。三回に二回はこうなる。

表、裏と封筒をひっくり返して、封筒の角のとがりをつついてから大切そうに両手で持って走っていく。タバサのところへ見せに行くのだろう。

実に微笑ましく穏やかな一日の始まりだ。

天恵の機序はいまだ解明されていない。

血縁に天恵を持つ者がおらずとも突然現れることもあり、そうかと思えば似たような天恵が同じ一族に現れやすいこともある。攻撃魔法や回復魔法に類するものだけれど、魔力を使うものもあれば、使わないものもあるという程度がよく知られていることだ。けれどそれらは単に人目を惹く性質であり、自らがその能力を奮う場があるから多く見えるにすぎない。

私が耳にしたことがある中では、何度さいころを振っても必ず四の目が出るというのが一番意味のわからないものだ。四しか出ないのだから賭博でも使えない。これは本人も冗談でしか天恵だと口にしないものだったけれど。


遠征への出発日前夜、主様が不在中の警備体制を中心に諸々の最終確認も終えようとしていた。

「――イーサンのそれは天恵だったのか」

「……坊ちゃまがご存じではないことに、このイーサン驚きを隠せませんが」

「えっ、いや、物心つく頃にはもうそれが当たり前だったからな……コフィ家はそういうもんだとばかり……」

「主そういうとこあるよねーって、ったー！　もーやめてよ父さん」

からからと笑う息子の脇を肘で打つ。

「お前もそういうところをフォローするのが仕事でしょう」

「オレだってまさか知らないと思ってないですー」

我が息子ながら出来がよく育ったロドニーだが、やはり乳兄弟の気安さがこうして随所に現れる。主様がそれを居心地よく過ごされているからいいとしても、それはそれとして定期的に釘を刺しておかなくては。

それにしても、幼い頃から優秀であるはずの主様は時折どこかお抜けになる……。

「奥様の天恵を隠す話を、侯爵家はすんなり受け入れたと思いませんでしたか？」

「まあ、割と話は早かった、な？」

「私の天恵はコフィ家によく現れるものですが、侯爵家の庇護をいただいているからこそ隠せているんですよ」

「あー、前例があると。それでだったか」

「ええ。これは地味なものとはいえ、なかなか悪用が効く代物なので」

「……そういえばそうだな⁉」

主様は実戦部隊とはいえ、軍で武功を上げているのだから専門といえるだろうに本当に時折どこかお抜けに……。

まあ、これも一度身内に抱えると深い情を寄せる一面がなせることではある。

この天恵は一定の範囲内、片手で持てる大きさや重さであれば、何でも手元に出すことができる。魔力もいらない。けれど自在に使うためにはそれなりの訓練が必要だし、出したいものがどこにあるのか正確に一ミリの違いもなく記憶していなければならない。動いていてはいけない、固定されていてはいけないと制約も多い。

範囲も私の場合はこの屋敷内がせいぜいといったところ。けれど家令や執事にはうってつけなものだ。

　その一方で武器や毒物などをどこにでも持ち込めるこれを狙う輩から身を守るために、ドリューウェットの庇護下に入ったのがコフィ家の成り立ちとなる。


「初耳だった……じゃあロドニーは」

「オレは残念ながら発現しませんでしたねー」

「あんだけなんでも出してくるのにか⁉」

「父さん以外に今持ってるのは伯父だけですけど、コフィ家は誰が天恵を持ってるかわかんないように全員が鍛えてるんですよー。もう代々の秘伝と言っていいですね」

　主人が何を求めるか、先回りの用意をどれだけできるか。不自然にならないよう素早く取り出せるか。

　天恵がなくとも技術を磨くことはできる。ロドニーは瞬きの間にサーモン・ジャーキーを手のひらに載せて見せた。私から見ればそれは単に袖口から取り出したものだけれど、主様からは湧いて出たように見えたことだろう。仕込んでいたのが何故それだというのはおいておくとして。

「すごいな……天恵と張り合えるほどの研鑽ってことだろ」

「主ってほんとそういうとこですよねー」

　働きに対して率直な賞賛と惜しまぬ報酬を与えるのがドリューウェット家の流儀だ。

感嘆の声をあげる主様は、現侯爵であるウォーレス様とこういうところがよく似ていらっしゃる。仕事は有能なのに時折ちょっとお抜けになるところまで。

「ま、まあ、うん。イーサン、留守は任せたぞ」

「は。この老骨の命に代えましても」

「代えるな。アビゲイルが驚く」

いや、身内への甘さはウォーレス様より上かもしれない。護りにおいては代えない方が難儀なことだと充分理解していながら、照れをにじませて命じるなど。

全くご夫婦そろって微笑ましい。

奥様の食が進まなくなってきたことに、タバサと料理長があれこれと案を出し合っている。

体を壊すほどではないにしろ、元々一度に食せる量が少ない方である。より見栄えに気を配り、隙あらば菓子などを分けようとする使用人たちに栄養価の高いものを前もって配分しておくあたりで落ち着いたようだ。

日課である裏庭での日光浴をされる姿もどこか寂し気で、じっと梢を眺めている時間が増えつつある。

その様子を遠巻きに窺いながら、庭師が何やら資材を集め出していた。ソリ遊び用の雪山をこさえてみたりと、それは庭師の領分なのか怪しいことを彼は昔から好んでいたけれど、それは奥様と非常に相性が良かったらしい。また奥様が気に入りそうなことを思いついたのだろう。

奥様は食が細くなったことも、あまり元気がないことも、まったく自覚がない。興味がないというのともまた違う。自身の体に起きていることをそのまま受け入れているというか受け流しているというか。

それでも美味しいものや楽しいことには変わらず反応されるのだから、ここは使用人一同腕の見せどころと心得ている。

なに、ほんのひと月ばかりのこと。

主様がお帰りになった際には、またいつものように元気よくお迎えになっていただかなくては。


コフィ家は庇護を受けていることもあり、代々ドリューウェット侯爵家の家令や執事を務めている一族だ。

誰もが天恵を発現するわけでは勿論ないが、天恵を悪用しようとする輩であれば家族へ手を伸ばすこともある。その魔の手から守るべく一族ごと抱え込んでくださったのだから、この天恵は侯爵家に捧げてしかるべきものと私たちは育てられていた。

一代にひとり発現するかしないかのこの天恵だけれど、兄と私に発現した。ただし、効果範囲は兄のほうがはるかに広く、城の敷地半分を掌握することが可能だ。私とは比ぶべくもない。長男でもあり天恵以外の能力も高い兄は、早いうちから現侯爵のウォーレス様の教育係となり現在は家令を務めている。私もノエル家では家令を任じられているが、侯爵家とは規模が違う。

先代家令はコフィ家の者ではなく、父は多数いる執事のうちの一人であった。天恵があるとはいえ、何代かぶりの家令就任だと一族で祝ってから十年ほどもたつか。

幼い頃から優秀であった兄に含むところはない。

けれど私に天恵がなければもっと素直に何事も受け止められたのではないかと、若い時分に若干ひねたことがまったくないわけでもなかった。私兵にまじって武術をかじってみたり、侯爵家で行っている事業のひとつである交易船に乗り込んでみたりと、まあ迷走したものだ。

それでもそれなりの成果をあげれば、まだ眉間の皺がない七歳下のウォーレス様が楽し気に「すごいなイーサン」と話の続きを促してくださった。教育係として常にお側に仕えていた兄の、いわばおまけのような私にだ。

先代侯爵が急な病に倒れ、ウォーレス様が慌ただしく後を継いだのは、ご結婚されて間もない二十歳にもならぬ頃のこと。

「そちらは侯爵様からの便りでございますか」

規模こそ小さいが土砂崩れが起きた村へ急遽視察に出たウォーレス様からの指示書を、当時の家令に運ぶ途中で呼び止められた。

数年前に先代侯爵夫人が亡くなっているため、嫁いだばかりのカトリーナ様が家政を任されている。十六歳という若さでありながら高位貴族らしい威厳のある落ち着いた振る舞いは、なるほど侯爵夫人にふさわしいと評判だ。

「カトリーナ様への便りや贈り物などは……そうですか。ありませんか。そうですか」

カトリーナ様が実家から伴ってきた侍女の内の一人だ。タバサと言ったか。

あー、確かに新婚なのだったと思いはしたけれどないものはない。こういった気遣いはウォーレス様付の兄が手配するところでもあるのだろうが……。

「突然のことでしたし、視察先は奥様に贈れるほど上等なものを用意できるような土地では」

「ああ、いいえ。カトリーナ様が何かおっしゃったわけではありませんのでそこは勘違いなさらないでくださいませ。わたくしが気になっただけでございます。ええ、どんなにお忙しくとも新妻への言伝くらいはと、勝手にわたくしが気を回しただけでございますので」

一見柔らかな微笑みを浮かべた侍女は、一気に語り終えると滑るような足運びで廊下の先に消えていった。え。怖。

私は直属上司が兄であり、ウォーレス様付の従者だ。カトリーナ様の管理下でもないため、女性使用人の中での情勢をあまり把握していなかった。侍女以外の女性使用人を総括するのは家政婦長《ハウスキーパー》の管轄であるからということも大きい。

「――でもほら、若奥様って、ねえ？　侯爵様のご寵愛も薄いでしょ」

「まあ、まだお若くていらっしゃるから」

雑用を片付け終わり使用人通路を通りがかると、そんな下世話な声が耳に入った。あれはランドリーメイドか。

注意をしようと洗濯場に足を向けようとして、女たちを出入り口からにらみつける侍女と、ランドリーメイドが話しかけている相手もまた別の侍女であることに気がつく。

にらみつけていた侍女は異様に素早い足さばきで、女たちの輪に近づいて行った。

「あなたたち、名前は？」

「え、な、なに」

「あなたとあなたと、あなた。名前を聞いています」

声を荒らげているわけでもないのに、委縮したランドリーメイドは話相手の侍女に助けを求める視線を送るばかりだ。

「タバサさん、ちょっと」

「ランドリーメイドは家政婦長の配下ですから、しっかり報告させていただきます」

「ちょっと、新参のくせに思い上がりがひどいんじゃなくて？　いいからあなたたちは行きなさい」

初老の侍女に促された女たちは散っていったが、タバサ嬢は微動だにしなかった。

ドリューウェットの女は気が強い。

それはあちらこちらでよく言われることだ。領民全体が武を尊ぶ気質であるがゆえのこと。私はこの地で育ったから当然と思っていたが、交易船の行く先々で話のタネになるくらいに他領では違うと知った。よその地の女は平民であっても、晩飯にと気軽に雀を捕まえたりすることなどないと聞かされた時の驚きと言ったらない。

勿論ドリューウェット育ちの先代侯爵夫人についていた古参の侍女たちも、それはもうそれなりの強者だ。何せ夫人亡き後もこうして居座り続けている。

「お仕えする女主人が侮辱されておりますのに、たかが洗濯女を諫めることもできないだなんて……随分お気が弱くていらっしゃるようですから代わりにと思ったのですが」

けれど機先を制したのはタバサ嬢だった。片頬に手を当て愁いを帯びたため息を、これみよがしについてみせる。

「まあ、よろしいでしょう。エリ、ネルザ、アリーの三名。わたくしから報告をあげておきますわ。ああ、お気になさらないで。ついでですから」

「あ、あなた名前」

「当然でしょう。我が奥様のお使いになるリネンを扱う者くらい把握しております」

おもむろに取り出したハンカチを細長く畳みなおして、パンッと引き延ばした。いや、なんでハンカチがあんな音を立てた。

一歩後ずさった侍女に対して二歩踏み寄って。

「それにしても、ねえ」

パンッとまたハンカチが鳴る。

「あなた方、古参が譲らないから奥様のクローゼット管理をお任せしましたのに」

パンッ。ことさらに古参と強調して、もう一歩詰め、ハンカチも鳴る。

「埃がドレスの裾についておりましたのよ。今日のお掃除はお済みじゃなかったのかしら」

パンッ。

「こんなところで何をなさってますの？　ああ、もしやもう細かい埃などがお見えにならない？」

パンッ。

「古、参、だから？」

視線を泳がせつつも古参侍女は答えないまま足音高く場を後にした。うーわ。強い！　強っ！

「――で、コフィさんはそちらで何を？」

ぐるりと振り向きざまに呼ばれて、思わず肩が跳ねた。

「あー、出る幕がありませんでした」

「そうですか……ドリューウェットの使用人は総じて質が高いと聞いておりましたのに、なんですかあれは」

鋭い視線は【お前もな】と言っている気がする。いや間違いない。言っている。だがあれは出る必要全くないだろう。

「えー、家政婦長はご存じとは思いますが、高齢の上、最近は少々体調も思わしくなく、ですね」

「ええ、存じております。ですからあれらがのさばっている現状なのでしょう。流れがなければ澱むものですわ」

　先代侯爵が倒れなければ、ウォーレス様が本来家督を継ぐはずだった時期に合わせてゆっくり次代の家令と家政婦長を選出する予定だった。

　すべてが前倒しになだれ込んできた余波はなかなか収まらない。

　確かにここのところ、特に女性使用人に浮つきが見られてはいたのだ。侍女は家政婦長の配下でないにしろ、ゆるみがあれば一緒につけあがるもの。

「私見でよければ」

「はい」

「ノーリーン、ヘーゼル、イーディスあたりが家政婦長の適正ありとみますよ。能力も、人格も。実際に代行も多く行ってますしね」

「……なるほど。その三人から選ぶとしたら？」

「それは奥様との相性を優先すべきかと」

「奥様への進言の参考にさせていただきます。まあでも」

　ふっと遠くを見つめた先は、奥様の部屋がある方角だ。それからたおやかに顎をこちらへと向けて。

「カトリーナ様が掌握するのは時間の問題です。今はまだ様子見をされているだけですから」

誇らしげに、力強く、つややかに、ハシバミ色の瞳がきらめいた。


それからやけに彼女が目につき、情報交換の体で雑談をし、時には使いに出る彼女の荷物持ちを買って出る。

そんなただの同僚よりは若干近い距離をお互いに見計らいながら二年が過ぎていた。

今日もこうして奥様の使いに付き合って町に下りてきている。付き合いの長い商家の奥方へ手紙を届けた帰り道、広場に立ち並ぶ出店を冷かしながら歩くが最近の決まり事だ。

決まり事のこの時を狙って用意していたモノが、ちゃんと内ポケットにあるかを確かめる。何度確かめているのかもう自分でもわからない。

「まったく侯爵様はいつまでたっても！」

飲み込んだ語尾をタバサの目が【ヘタレだ】と続けている。

「そうは言ってもね……いくらウォーレス様が有能でも、なかなか数年で落ち着くものでもないでしょう。いっぱいいっぱいなんですよ」

まだ若いウォーレス様を侮る親族もいるし、地盤が固まったとは言えない。

無事嫡男のスチュアート様もお生まれになったというのに、我が主夫妻は相変わらずのすれ違い生活だ。

「そういうことではありません。何故せっかく自ら選んだ花を持ったまま、カトリーナ様の部屋の前をうろうろした挙句に諦めるんですかって話です」

「それは確かにそう」

　何をやってるんでしょうねー！　お子までつくっておきながらという話だが、だからこそ拗れまくっているという現状なのだ。

　どうやら完璧に見えていた兄もその手のことには疎いらしく、本来ならばフォローに入るべきだろうに気を揉みながらも揉んでるだけという体たらく。

「けど、タバサたちだってそう思うなら」

「……政略結婚ですからね。そういうものだと、もうすっかり諦めてしまわれましたの。幼い頃から義務感と矜持で立っていらっしゃる方ですから」

「あー、ある意味似た者夫婦なんでしょうねぇ。私どもがこういうのも不敬ですが」

「歯がゆいですわー！」

　タバサの足取りは、ぷりぷりと肩をいからせる割にゆったりとしている。その腕に下げたハンドバックは下賜されたばかりなのだと嬉し気だった――っ。

「わたくしのー！」

　するりと抜き去られたそれを抱えた男が駆けていく。転びかけたタバサをとっさに支えたが、即座に振りほどかれた。

　猛然と追いかけ始めたタバサ――おっそ‼　目を見張るほど遅いぞ！　あの見事な早歩きはどうした！　走るのは駄目なのか！　本気かそれ！

幸いちょうどいい人出だから誰の目にもつかない。

突然腹に来た笑いの衝動をこらえ、軽くタバサを追い抜きながら、視界の隅にある店先でとぐろを巻く縄を天恵で手にした。正確な位置が必要とはいえ、それは視界に入っていなければの話だ。

狩猟の獲物を追うのも従者の嗜みである。素早く輪をつくった縄を投げれば、すぽりとひったくりの頭を通り逃げ足が止まる。

「しっかり持って」

後方で早くもへばりかけているタバサに縄のもう片側の先を放り、縄から抜けようとする男に足払いをかけた。

はずみで宙に浮いたハンドバックは傷ひとつなく私の手に落ちてくる。

衛兵の詰め所に男を突き出せば、もう急いで帰らなくてはならない時間で……本当は見晴らしの良い城壁の上へ連れ出すつもりでいた。

自然と落ちる肩を気取られないようにしていれば、いつもより半歩近くにタバサが歩いている。

「ねえ、イーサン。もし時期が合えば次のお子の乳母に推薦してもらえるのよ。ええ、時期が合えばですけど」

「はぁ!?　どこのどいつが相手だ!?」

思わず張り上げた声に、一瞬だけ目を丸くしたタバサが破顔した。

「わたくしはイーサンがいいのだけれど」

「ありがとうございます！」

内ポケットにあるケースの中から、タバサへ差し出した手のひらに直接移動させたのは、シェリーカラートパーズをつぼみに見立てた金細工の髪飾り。

「あらまあ、本当に素敵な天恵ですわね」

嬉しそうに大切そうに髪飾りを受け取って微笑んだタバサの目は、それでもやっぱりどこか【あなたも大概ヘタレですよ】と言ってる気がしたけれど。

「イーサン、旦那様たちは大丈夫です。そのにんげんたち捕まえなさい」

背を伸ばし平坦な声音で命じた奥様に、うっかりすると娘のように思ってしまう幼い気配はなく。

天災を告げるときの、人よりも上位にある者の姿だった。

ロングハーストの無法者を捕らえた後始末で多少の混乱はあったけれど、少しばかり休む時間が遅れただけで済んだ。

先に私室の寝台で休ませていたタバサの傷を、念のために確認して安堵の息をつく。肩先に一筋赤く走った切り傷は浅い。

「かすり傷と言ったでしょう」

「それでもですよ。妻の怪我に心乱さぬ夫がいるものですか」

安堵は多少の怒りも呼び起こすもの。少しばかり硬くなった声に妻は小さな笑みをつくる。

「あなただって命に代えてもだなんておっしゃってましたけど、わたくしは咎めなかったでしょうに」

「……聞いてましたか。ですが」

それとこれとは違うと気持ちの上では言いたくなりはするのだけれど。

「ねえ、イーサン。ああいうときの奥様も、また、お綺麗でしたでしょう」

「それは、確かに」

事件が起きたとき、私は大抵留守居だからな……。

「だから、ねぇ、あなた。叱るのではなく、よくやったと褒めてくださいな」

誇らしげに、力強く、つややかに、きらめくハシバミ色の瞳は昔から変わらない。

これに惚れたんだからもう何も言い返せるわけがない。


主様のお戻りに、奥様の食欲はあっさりと元通りになった。

「イーサン！　今日の一回です！」

　ずっと楽しみにされていた湖へ行くのだと朝から元気いっぱいな奥様が、ぴょこぴょことまっすぐ私の方へ駆けてくる。

「奥様おはようございます」

「あっ、おはようございます！　今日の一回を、あっライスクラッカー！」

「今は朝食が先ですからね。馬車でどうぞ」

「はい！　ありがとうございます！」

　主様の遠征土産を、一度に一枚と決められてしまった奥様のために小さな缶へと移し替えたものだ。

　しゃかしゃか音を立てるのが楽しいと、主様へ聞かせに走っていく。

　タバサのちらりと送ってくる横目が【何故種明かしをしないんだか】と呆れを告げていた。

　お前は！　何かとご一緒してるけれど！　私だって一目散に駆けてくる奥様が見たいに決まってるでしょうが！

番外編
むかしむかしのものがたり

昔々の物語。小さな村に小さな坊やがおりました。

ある日坊やはおとものの毛玉猫と村のとなりの森へ行き、光るキノコを見つけます。

なんてきれいなキノコだろう。きっと味もいいにちがいない。

坊やが大きくお口を開けたところで、あらあらだめよと青銅蝗が高い声で言いました。

『光るキノコはあたしの枕！　とう！』

青銅蝗は固い頭で光るキノコに飛び込みます。

ぼよんぼよんとはずんでどこかに行ってしまいました。

ばふんばふんばふんと光るキノコは粉を吹くので、坊やはくしゃみが止まりません――。


「……え、えっと、ふ、夫人、ままだ続け、ます？」

「まだです！　リックマン！　坊やのくしゃみはどうなるのですか！」

真顔のノエル子爵夫人が金の瞳を輝かせて続きを催促してくる。え、ほんとに？　受けてる？　くしゃみだけど？

我が男爵家は貴族といっても領地もなければ財産も特にない、貧乏ほどでもないけど裕福でもけしてない家。子ども用の本なんて高価なものがあるはずもなく。

幼い頃、昼寝をぐずる弟を寝かしつけるために思いつくまま語って聞かせたのだと、お茶請けになればなんて軽い気持ちで口にしたら予想外に食いつかれた。

言葉が思うように出てこない私だけど、詩の暗唱や物語の朗読ならばつかえることはない。

ノエル邸の裏庭に生る野苺を摘むという、ちょっと風変わりなお茶会に招いてくれた夫人は、私のオチもつかないような拙い物語をずっと楽し気に強請り続けてくれた。

自分が令嬢として最底辺にいることなんてわかっている。

次女だし持参金なんて用意できないし飾れるような容姿もないし魔力量だって男爵家に見合うぎりぎりくらいしかないし縁をつくってつなげる社交もできないしというか会った人は大抵五秒で私を格下認定するし認定したことを隠しもしないくらいだし！

私が求められない理由を、息継ぎなしで十はあげられる。

けれど私には頭脳がある。

魔法学校に入学した十三の年、まともに交友関係も築けない自分の方向性を学問に定めることにした。特に数字と記憶力には自信があって、王城仕えの文官か研究職を目指し座学の試験はすべて学年首位を譲らなかった。実技は駄目だったから総合で首位は無理だったけれど。

そして成人した十五の年、二歳年下のドミニク殿下から声をかけられた。学校の廊下で。

「文官試験を歴代最年少首位で突破したリックマン男爵令嬢だよね。希望の部署とかもう決めているの？」

もうずっと人と会話なんてしていなくていやそれでも幼い頃から知っているウェンディは話しかけてくるのだけどあの人は自分がまくしたてるだけで会話にならないから数えるうちにはいらないしそれをいきなり雲の上の人が！　友人のいない私にも聞こえてくるくらいに美形で穏やかで大人気の王子様が！　予告もなく！　そんな！

ぎこちないながらも礼の姿勢をとろうとした私を優雅な手つきで制したドミニク殿下は、幼いながらも艶やかな笑顔を見せてくれた、のだけど。

「しゅしゅ首位ででででしたかそそそれは合格とおも、思っても」

「わー！　確かに審査官が配属先に悩んでたわけだ！　連絡事項回らなそうだね！」

婉曲な言い回しは高位貴族の嗜みでは!?　どうしたらいいの!?　笑えば？　笑えばいい!?　というか十三歳!?　ほんとに!?

「ねえねえ、リックマン嬢がもし王城で苦労したらさ、いや多分苦労すると思うんだけど」

「よ、よ容赦ないで、ですね！　ででも、それはそう、だと覚悟は、しししてましして」

どんな仕事だって人づきあいが必要なことくらいは理解していたし、でもだからこそ私の武器が使えるところに行かなきゃいけないと、今にして思えば少し追い詰められていたのかもしれない。

　試験に手ごたえはあったけれど、ドミニク殿下が言う通り面接担当官は困惑を露わにしていたから。

「うん。僕が成人するまでの二年間は頑張ってて？　公務をするようになったら僕付きとして引っ張るから！」

「なななななななな」

「リックマン嬢はさ、すっごく頭の回転速いし、いっぱい色々同時に考えてるでしょう。だから言葉が詰まっちゃったり逆に妙なあふれ方するんだ。でもそれならそれでふさわしい場所はあるのに、配属先に困るような上司のとこじゃもったいないじゃない。僕のとこで役に立ってくれたらいいと思って！」

　天使が降りてきた！

隠れもしてない陰口を聞こえないふりして突き進んでたのが報われた！　というか十三歳⁉ほんとに⁉

「ああああありがんばりまままま」

「僕、第四王子じゃない？　有能な人が欲しいんだけど、あんまり有能さが目立つ人は角が立つの。ちょっと瑕疵があるくらいがちょうどよくてさ！」

　瑕疵って言った！　嗜みは⁉　穏やかで大人気⁉　すばらしい上司かもしれないけど最低かも

しれない！

　きっちり二年後、宣言通りに引き抜いてもらえた。

　それからずっとドミニク殿下付きで、文官部屋にいるのは大なり小なり似たような者たちばかりだ。有能だけど瑕疵がある。

「リックマン、ジェラルド先輩ってわかるでしょ。あのドリューウェットの次男。血まみれ少佐《ブラッディ・メイジャー》」

「はははは、はい。こここののロングハーストのじ次女がおおお奥様、ですよ、ね」

　割と唐突な無茶ぶりはくるけれど、ドミニク殿下はとてもいい上司だと、それまでの二年間を雑用下積みで過ごした今ならわかる。たとえこの虫食いだらけで謎めいたロングハーストの資料の山に埋もれていても。

「不明点、疑問点、全部洗いだしておいて。そのノエル子爵夫人が手伝ってくれるから」

「なななななるほど了解し「明日ジェラルド先輩の執務室行くからそれまでにね！」あああああ

あしたああした⁉」

　どうして！　どうして！

　ノエル様のことは知っていた。

知っていたといっても魔法学校在籍時だから、最後にお見掛けしたのはもう六年ほど前になるし、本当にお見掛けするだけのこと。目が合ったことすらない。ドミニク殿下と同様、ただひたすらに雲の上の方であるということを知っていた。

そしてお見掛けするときは大抵ウェンディが絡んでいて、というか、彼女が騒いでる声の方につい目を向けると大抵ノエル様がいらした。

それはもうそれはそれは恐ろしく冷ややかな目つきで、その青い魔力の輝きも相まって本当にウェンディあなたなんで平気なのすっごい嫌われてるじゃないあなた神経大丈夫なのと他人事ながら足が震えたものだ。

令嬢たちが騒ぐようにお綺麗な顔立ちをしている。すらりとして均整の取れた体つきだって人目を惹いてやまない。だけどいつだって眉間を深く寄せて不機嫌そう。

特にウェンディを筆頭として令嬢たちに話しかけられている時は三割増しに皺が深いし、年々ひどくなっていると思っていた。思っていたのだけど。

「ノエル子爵が妻、アビゲイル・ノエルです。どうぞよしなに」

ドミニク殿下と殿下の最側近であるマグレガーさんに連れられて行った顔合わせ。

ちっちゃ！　が、ノエル夫人の第一印象だった。

頭の小ささと線の細さで余計小柄に見える。艶のある鮮やかな赤髪や幼げだけど整った顔立ち、真夜中の焚火みたいな黄金の瞳。お手本のごときアルカイックスマイルは高価なお人形のよう。

はずれものばかりの文官部屋にまで聞こえてきたというか騒いでたのはドミニク殿下なのだけ

ど、堅物が幼な妻を溺愛してるという噂もなるほど確かにこれだけお綺麗ならばと納得した。

でもそれどころではなかった。

ええええ、見上げる夫人と目を合わせた途端に眉間の皺が消えた！　うわあああ誰この人どなたなの人相が違う！　どなた様⁉　怖っ！

ノエル様の変貌っぷりに恐れおののいてしまったけれど、夫人の有能さはそれをはるかに超える脅威と言えた。私は自分の頭脳に自信をかなり持っていたというのに、夫人の頭脳明晰さは妬むどころか、うっとりしてしまうほど。

過去十年近く遡る領地経営の各種記録はそれぞれが整合性などかけらもなく、得体の知れない数値の羅列になっていた。

なのに領内各地の生産量や生産物は勿論、とられた政策による前年比の変動、成果、すべてのピースが夫人の手によって次々と気持ちよくはめられていく。

夫人にとってわからないことは、私たちはどこがわからないのかということくらい。

「ここここの年のこの村、村から王都に、しゅ、出荷されたトマト、トマトの割にこ、高額ななのですがこれもどこか」

「それトマトじゃなくて苺の間違いです。あと量を書き間違えてます」

夫人は迷いない手つきで何の補足資料も見ずに正しいという数字を書き加えていく。

　最初は困惑したけれど、その修正によって関連資料の計算結果はつながっていった。そんなことを何回も繰り返されれば、それはもうそういうものなのだと慣れていくしかない。だけど苺としても妙に単価が高く思えたが。

「あ、あああ、ロングハーストの杏子苺、ですか。ななな納得です。美味しい、です、よね。こ、この村でしたか」

　ロングハーストでしか生産されない杏子苺は、献上品にふさわしいとまで言われている。トマトをわざわざ遠い王都まで出荷するわけがないけど、杏子苺ならそれだけの価値がある。

　私も殿下にご相伴させてもらって初めて食べた。一粒だけ。あの甘さと薫り高さ、さくっとした歯触りと瑞々しさは忘れられない。

「杏子苺……？」

　聞いたこともないとばかりに長い睫毛をぱちりとさせて、夫人は首を傾げた。

「杏子苺というのは食べたことありませんけど、これ、露苺ですよ。リックマンは露苺好きなのですか」

「はい、果物では一番い、苺が、え、たたた食べたことないて、え？　つ、露苺ってあ、あの露苺で、ですか？」

　鋭いとげだらけの藪に親指の爪ほどしかない小さな実がまばらにつく苺とは名ばかりの野草の類い。わざわざ育てることなどない。

　それがこの値段？　そんな馬鹿な。

「この村の近くに狐蜂の縄張りが――あ」

何故か夫人はノエル様の反応を確認するかのようにくるっと振り返った。

狐蜂はかなり凶暴な虫の魔物で、大体山深く水源のそばにいるというのが定説だ。人里近くに巣を作るというのは聞いたことがないというか、発見次第討伐される。

それを問うと、夫人はまたくるりとこちらに向き直って金の瞳を輝かせた。わあ可愛い。

「リックマンは狐蜂ご存知ですか！　狐蜂は露苺の花が好きなので！　その周りでは喧嘩しないのです！」

露苺が近くにあると狐蜂は大人しいから村は襲われない。しかもたくさん植えておけばおくほど、狐蜂に露苺を大きく甘く育ててもらえるのだと夫人は語った。

なにそれ知らないどこ情報⁉　つまりロングハーストはただの露苺を杏子苺として売っていた⁉　ただのと言っては語弊があるかもしれないけどでも露苺なんでしょう⁉

総括すると夫人は天才というものなのだろう。私には頭脳があるとかなんて誰にも言ったことがなくてよかった。

その上私と違い可愛らしくて、政略結婚が常の貴族なのに、あの！　あの令嬢人気の高いノエル様に溺愛されているとかもう世界が違う。だから私の尺度で測れないのは重々承知のうえで、あの能力を生かした職につかないのは、どうしてももったいなく思えてしまって。

いつものこととはいえわかってるのに口が止められなかったのは、多分きっと羨望が強すぎたせいだ。

　彼女を引き抜くようなことはするなと殿下からも言われていたのに、また余計な口を叩いた日の帰りにマグレガーさんからお叱りを受けた。

「あそこで見聞きしたことや夫人のことは特にきつく口止めされているでしょう。それが表に出せないほどの有能さのせいだとは、私もお会いして初めて気がつきましたが……あと、ノエル卿が怖いからやめてください」

　それは本当に怖かった！　視線に刺されるかと思った！　なんですぐ気づかなかったの私ってくらいに怖かった！

　夫人は気にしていないと、いやでもあれは許すというよりは何故詫びられたかわからない感じではあったけど、私の無作法を許してくれた。

　その上、最終日にはお茶会の招待状までいただけた。

　手渡しの招待状だなんて何年振りだろう。

　金の縁取りがされた上品な薄桃色の封筒には、ブルースターを運ぶ小鳥が型押《エンボス》しで浮き上がっている。ノエル家の紋章とは少し違うからこれはきっと夫人のもの。

　ついまじまじと見てしまっていたら、隅に黒くて丸い模様、クレヨン？　で描かれた何かがあることに気がついた。

　私の視線の先に気がついた夫人は、わー、この数回の打ち合わせですっかり馴染みとなった期待あふれる目で見上げてる。

外せない！　これは外せない！　なんでしょうこれは！　え、黒くて、なんか足？　足がいっぱい……十四本だから。

「――ロリポリ？」

「はい！　リックマンは虫が好きだから！」

そうだった!?　確かに生物全般好きだけど!?

昔々の物語。小さな村に小さな坊やがおりました。

ある日坊やはおともの毛玉猫と村のとなりの森へ行くと、坊やのおうちほど大きな木に角兎が刺さっていました。

額から伸びる角の根元まで木の高いところに刺さっています。ぷらりぷらりと揺れる丸いお尻と尻尾に坊やは話しかけました。

「たすけてあげるから、そのかわいい尻尾をくださいな」

『わしは好きで刺さってる！　かわいい尻尾はあげられない！』

角兎が二本の前足と四本の後ろ足をじたばたすると真っ白な毛がたくさん飛びました。坊やはくしゃみがとまりません。

はくしゅんはくしゅんと坊やは森の奥まで転がります。

ぴょんぴょんぴょんと毛玉猫も追いかけます。

森の奥には泉があって坊やと毛玉猫は落っこちました。ころころぽちゃん――。


「坊やのくしゃみは⁉」

夜になったらタバサに読んでもらうのだと話を聞きながら書きつけていた夫人は、やっぱりくしゃみが気になるらしい。

弟が眠るまでの間だけ聞かせていた物語は、数はあれども短くて中途半端に終わってしまう。それを一話に一枚つかって、もう手元には十枚を超えた束ができていた。

「くくく、くしゃみ、そ、そうですね、泉のな、中までは毛が飛ばない、ので」

「止まりましたか！」

「たた多分？」

よし、とばかりに小さく頷いて、紙の隅っこに「多分止まった」とメモ書きする夫人。

いる？　そのメモいる？　あれだけ資料の数値は暗記してたのに？

「奥様、そろそろ菓子が出来上がりますよ」

おそらく続きをと強請る気満々で顔を上げた夫人に、ずっとにこにこと付き添っていたタバサさんが休憩を促した。ささっと見る間にテーブルの上が片付けられていく。

話の合間合間に紅茶を替えてくださったり、日の傾きに合わせて日傘を調整してくださったりと気遣いのさり気なさがすごい。聞けばノエル様の乳母だったとのことで、ここでもまたドリューウェットの使用人クォリティを目の当たりにできた。

次から次へと並べられていく出来立ての菓子は、さきほど夫人と摘んだ野苺がふんだんに使われている。

タルト、パウンドケーキ、チーズケーキ、ゼリーにムース。どれも一口大で可愛らしい。

野苺を摘んでは口に運ぼうとする夫人をタバサさんが止めていたのは、このため——待って、摘んでそのまま食べる貴族夫人はなしでしょう。止められて当然だった。あまりに自然な流れにまんまと流されていた……。

「リックマンはたくさんのお話を考えられてすごいです」

「ややややや、ほ、ほんとうにこ、子ども騙し、ですけど」

「いえいえ、奥様は何でもお読みになりますけど、物語はさほど興味を持たれないのですよ。リックマン様のお話は本当にお気に召されたようで。わたくしもお聞きしてますと不思議な心地がしてくる楽しいお話と感じました」

お優しい……っ。うちのメイド頭の雑さとは天地の差‼

「苺美味しいですよリックマン。このお話はサミュエル様にも教えていいですか」

「ももっもちろんです！　い、苺美味しいで、ですね」

サミュエル様って誰かわからないけど！　というか、摘んでた時もうすうす感じてたけどこの野苺大きすぎない？　味も手塩にかけて育てた高級苺みたいに、甘さと酸味が完全調和してるんだけどこれは。

「ああ、ようございますね。主様の甥御であるサミュエル様もお喜びになるでしょう。リックマン様の弟君のようにお昼寝が楽しい時間になるかと」

そしてタバサさんのまたさり気ない解説！　え、ということはドリューウェット侯爵家の若君！　なるほど恐れ多い！

「そ、その、だだだ大丈夫で、でしょうか。いえ、かか構わないし、う、嬉しいんで、ですけど、その、楽し、めるのは人によ、よるっていうか」

弟はそりゃ喜んでいたけれど、ウェンディに散々駄目出しされた記憶が蘇る。

坊やはもっと強くなきゃとか冒険しなきゃだとか。

でもこの話の坊やは弟のことだから、弟が喜んでくれるならそれでいいんだと言っても、弟だってそっちがいいに決まってると譲らなかった。

「う、ウェンディによると、その、坊やはしゅ、主人公、で、とととと特別ななんだからと」

まあ確かに普通の物語はそういうものだからウェンディの言うことももっともだとは思う。

そう夫人に話したら、真剣に次の菓子をどれにするか選んでいた。ゼリーが美味しかったと言えば、力強く頷きゼリーのサーブをメイドに命じる。なんできりっとしたの今。

「ウェンディは前から特別が好きなのです」
・・・
前からというニュアンスに少し引っかかりつつも、その言葉通りそのままだなと思った。

「い、いい今はあれ、なんですけど、その、昔はそそれでも、もっと、こう気が良かった、というか。い今はもうあれです、が」

本当に、人の話を聞かないところは変わっていないのだけど、それでも昔はもっと屈託がなかったと思う。

私の話をきちんと聞き続けてくれる根気がある子どもはいなかったし、そういう意味ではウェンディも同じなのだけど。

彼女は誰に対しても同じで、私のことも他の子どもに対するのと同じように扱ってくれていた。

噛み合わないながらも、私と会話し続けてくれていた。

少なくとも他人を押しのけるようなというか踏み台にするような物言いはしなかったのだ。

「ぶぶぶ無礼な態度を、夫人にもしたと聞いてま、す。わわわ私が言うことで、でもないのですが、ほ、も、申し訳なく」

「無礼……？　されてないです。ウェンディはウェンディなのでいいのです」

「え」

「ゼリー美味しかった！　次、は……チーズケーキにします！」

何故かタバサさんの頷きを確認してから、次の菓子を選び、サーブを待つ間は紅茶を口にしてうっとりとため息をつく。

「リックマンのお話は天恵ですか」

「へ!?　い、いやそんなそそそんな天恵なんて、ややや役に立つようなもものじゃ」

「……役に立つ？」

ぱちりと長い睫毛を閉じて、開いて、揺らめく炎みたいな金色がまっすぐに私を覗き込んだ。

「天恵は役に立つとか立たないとかじゃありません。私にわかるのもあれば、わからないのもあるけど、その子だけが特別に持ってるものです」

天恵の機序はいまだ解明されていないから諸説あるのだけれど、そういう説もあった気がする。

役に立つとか立たないとかなど、所詮人間のものさしでしかないのだからというものだ。


私だけが特別に持っているもの。

私がそういうものを持っているのかと夫人は何の気負いもなく口にした。

それがじわじわとあたたかに染み込んでくる。


「ああああの！　もももしよければ！　おおお思い出せるかぎり、か書いて持ってきますし！　りりりリクエストがあれ、あれば新しくつつつくります！」

「ありがとうございます！　金剛鳥が出てくるのがいいです！」


それから何度も書いたものを持ってきて、そのたびに跳んで喜んでくださって、そのうちアビーちゃんと呼ばせてもらえてアグネスと呼んでくれるようになって。

ノエル様から物語を依頼されることになるのは数か月後。

昔々の物語。小さな村に小さな坊やがおりました。
ある日坊やはおともの毛玉猫と村のとなりの森へ行くと、大きくて真っ黒で目も手も足もたくさんある魔王がぴょんぴょん跳ねていました——

あとがき

機関車というものにはじめて乗りました。

はじめて見る機関車は真っ黒で大きくて重そうでした。とても強そうに見えましたけど前と後ろにしか動かないから、多分そんなに強くはないんじゃないかと思います。

客室の中は割と静かで馬車より揺れも少ないです。

「学園名物スイーツはいかがー？」

お返事する前にドアを開けた売り子が押しているカートには、色とりどりの箱や袋がいっぱいです。全部種類が違うみたいなので、ここからここまでってしようとしたら旦那様にやめておけってされました。その代わり旦那様と私で違うものを選んで分けっこします。

「そうか……それ選ぶのか。早っ」

箱を開けたらゆったりとした動作で真っ黒な蛙が手足を伸ばしたので、前足を齧りま——あ！

蛙は私の鼻を蹴ってそのまま窓の隙間から跳んで行ってしまいました。

「え、えっと、アビー、大丈夫か？」

「泥の味よりチョコの味が勝ってました。ごめんなさい。旦那様の分の蛙が」

「お、おう。俺はいい……ほら、俺の砂糖漬けパイナップルあげるから」

パイナップル！　はじめて食べます！　さくっとして甘くって美味しかった！

　機関車を降りたら大きな湖があってそこから小舟で向かった先には、とても大きなお城です。先端の尖った塔がいくつも並んでる。

「魔術学園って聞いたのにお城です」

「城っぽいよなー」

　国境を越えてすぐのところにある魔術学園に旦那様と見学に来たのです。私たちが住む国にある魔法学校とは別なのですが、何故か招待状が来ましたので。

　案内された大きなお部屋には椅子がずらりと並んでいて、結婚式をあげた教会の礼拝堂みたいです。扉を開けて真正面には古くてしわくちゃな三角帽子がありました。

　案内人が入学の儀式をしますねって言った途端に、旦那様の眉間に皺がよります。

「は？　見学と聞いてるぞ」

「え？　そんなはずは」

　あら？　帽子のしわくちゃはなんだか顔のように見える気が。目もないのに目が合ったような。

「さあ、次の子は君だ「しゃべった！　帽子しゃべりました！」ぁあああ!?」

「あっ、アビー！　なんでもかんでも掴まない！」

　ぎゅっと捕まえた帽子はなんだかもがいてますけど、私の方がつよい！　やりました！　喋る帽子！　イーサンのお土産にします！

――――では次巻、あびーまじゅちゅがくえんへ行く、カミングスーン！

しないんだわ。すーん！　じゃないんだわ。

いつもごひいきありがとうございます！　豆田です！

「愛さないといわれましても」の三巻をお届けできたこと嬉しく思います。ありがとうございます！　応援してくださったみなさまのおかげです！　やったー！

なんだかね、コミカライズもとっても好評らしくて。私もめっちゃ楽しみに連載追っかけてます。先にちら見せとかないんで、完全に一読者としてアビーかわいいわねえええ！　ってなってますよ。面白いですよね。コミカライズ。石野人衣先生は神。

まだお手にとってない方は是非。コミカライズ二巻は十一月十日発売予定です！　そしてコミカライズから原作に手を伸ばしてくださった方、ありがとうございます！　ようこそ！

さて、この三巻。ウェブ投稿小説サイト『小説家になろう』で連載を続けながら書籍化作業を行っていました。

つまり加筆しながら終盤を連載用と書籍用に分けて書くことになってしまったのです。私の予定では連載書き終わってから加筆作業にうつるはずだった……。この夏の暑さがすべてを後ろ倒しに……まあそれはいいとして、結構書きながら混乱したりもしたので並行してやるもんじゃないと学びを得ました。

ちょっとべそかきながらもウェブ連載分に比べ三万字ほどの加筆＋書き下ろし番外編二本を無事お送りできてよかった。本当によかった……。

今このあとがきを書いている時点で、まだウェブ上では連載が続いていますが、三巻発売と同時に完結しています。そう完結させちゃいました。

もし四巻が出るとしたら完全書き下ろしになります。書けるのでしょうか。震えます。書けたらいいなぁ！　創作仲間はいつでも私にネタをくれていいです。このあとがきのまじゅちゅがくえんももらったネタです。いつもありがとう。またお願いします。

それでは、アビゲイルとジェラルドとゆかいな仲間たちを慈しんでくださってる皆様、担当編集キューティUさん、愛らしい夫婦をサービス精神全開で描いてくださる花染先生、コミカライズで切れのあるテンポを見せつけてくださる石野先生、書籍化に携わってくださった方々に感謝を。


またお会いできるのを祈りつつ、ごきげんよう！

本書に対するご意見、ご感想をお寄せください。

あて先

〒162-8540 東京都新宿区東五軒町3-28
双葉社　Mノベルス f 編集部
「豆田麦先生」係／「花染なぎさ先生」係
もしくは monster@futabasha.co.jp まで

Mf ノベルス

愛《あい》さないといわれましても～元魔王《もとまおう》の伯爵《はくしやく》令嬢《れいじよう》は生真面目《きまじめ》軍人《ぐんじん》に餌付《えづ》けをされて幸《しあわ》せになる～③

2023年10月10日　第1刷発行
2024年2月19日　第2刷発行

著　者　豆田《まめた》 麦《むぎ》

発行者　島野浩二

発行所　株式会社双葉社
〒162-8540　東京都新宿区東五軒町3番28号
［電話］03-5261-4818（営業）　03-5261-4851（編集）
http://www.futabasha.co.jp/（双葉社の書籍・コミック・ムックが買えます）

印刷・製本所　三晃印刷株式会社

［電話］03-5261-4822（製作部）
ISBN 978-4-575-24680-3 C0093